微言微语

编著 海上常远

人生力求：
做人有情有义，
做事有板有眼，
生活有滋有味。

——海上常远

以微博求哲思、求益智、求资政、求新知、求笃行、求修身、求美好。

——海上常远

中国出版集团

东方出版中心

目录

CONTENTS

「第一辑」
阅世与做人

微言微语

WEIYAN WEIYU

幸福

像花儿一样，美丽！赏心悦目！但经不起大风大雨，受不了寒冬与烈日！不可收藏，但可期待再现！

　　幸福与否不应由需求缺口决定，因为缺口永远都有；幸福在于好好享受已满足的需求，尽管满足有限，但知足者可从中获得无限享受！盯着缺口而忘了享受满足等于放弃幸福而自找苦吃，自寻烦恼哦……

　　佛印大师曰："佛由心生。心中有佛，所见万物皆是佛。心中是牛屎，所见皆化为牛屎。"用什么态度去生活，生活就会还我们什么样的人生。所以说，生活是面镜子，笑也好，哭也好，咆哮也好，镜子里的自己同样返给你！如何对自己，对别人，完全取决于你自己。今天你准备以何面目面对生活的镜子呢？今天阴雨天，今天工作日程排得很满，但我准备以笑脸相迎，好好享受工作的充实哦……

【易人人生】

简易生活，平易做人，乐易做事，随时微博……这样的日子够舒心。

有时"消极"一点看待人生才是更积极的人生态度。

忙碌是一种幸福，让我们没时间体会痛苦；奔波是一种快乐，让我们真实地感受生活；疲惫是一种享受，让我们无暇空虚。

上联：在高处立，着平处坐，向阔处行；下联：存上等心，待中等缘，享下等福。横批：思无邪，行而正。

选对人生与事业之路，会让你每天都在进步，日积月累终将成功；选错了路，南辕北辙，越是勤奋会离目标越远！

花有重开日，人无再少年。珍惜每一天，过好每一天！

【 心灵探索 】

假如人生只有 900 个月。事实上，你可以画一个 30x30 的表格，一张 A4 纸就够了。每过一个月，就在一个格子里打钩。你全部的人生就在这张纸上。你会因此有一个清晰的概念：你的人生是如何蹉跎的。

人从出生之日起就进入倒计数，只是离世日期未知！过一天少一天！好好过每一天，无论奋斗，休闲，快乐充实就好！

缺心眼不好，太多心眼不好；太多心，烦心伤心；太操心，劳心累心；宽心才会开心！

挣钱是技术，花钱是艺术；挣钱是付出，花钱是享受；挣钱是生存，花钱是发展；挣钱是给予，花钱是得到！

人生感悟点滴：春夏秋冬"四季歌"；酸甜苦辣"大聚餐"；喜怒哀乐"百味果"；生老病死"必由路"；锅碗瓢盆"交响曲"；高低曲直"检测仪"；是非功过"大辞典"！

要学会在烦恼中仰望幸福！不少人以为人生的最大幸福在山顶，于是气喘吁吁，穷尽一生去攀登。结果发现，永远登不到顶，看不到头。倒不如，一路走走停停，看看流岚，赏赏虹霓，吹吹清风，芬芳身心，恬静自我！

活得糊涂之人，易幸福；活得清醒之人，易烦恼。清醒之人看得太真切，一较真，自然烦恼遍地；糊涂之人，计较得少，活得简单淡定，自然觅得人生大滋味！

　　不知道从什么时候开始，我已经磨平了自己的棱角。不再为一点小事伤心动怒，也不再为一些小人愤愤不平。我以一种中庸的心态面对着，不求有功，但求无过。或许这样很没志气，但是，我只是想过一种平淡的生活，安安心心，简简单单，可以做一些能让自己开心的事。我如此一个凡人：只希望此生淡然。

　　外圆内方为上策！保持进取心，拥有平和心！

　　赚钱为了啥？用青春赚的钱，难买回青春；用生命赚的钱，难买回生命；用幸福换来的钱，难换回幸福；用爱情索取的钱，难索回爱情；用时间挣来的钱，难挣回时间；即使用一生赚到全世界的钱，全世界的钱也买不回你的一生！该休息时休息，该放松时放松，快乐生活才最平实，幸福人生才最重要！

人的一生就是眼开眼闭：来到世上，眼开；告别人世，眼闭；每天醒来，眼开；每天入睡，眼闭；看到钱财，眼开；看到是非，眼闭；面对快乐，眼开；面对痛苦，眼闭。

看透的人，处处都是生机；看不透的人，处处都是困境。拿得起的人，处处都是担当；拿不起的人，处处都是疏忽。放得下的人，处处都是大道；放不下的人，处处都是迷途。想得开的人，处处都是春天；想不开的人，处处都是凋枯。——做一个什么样的人，决定权在自己；有一个什么样的生活，决定权也在自己。

你可以一辈子不登山，但你心中一定要有座山。它使你总往高处爬，它使你总有个奋斗的方向，它使你任何一刻抬起头，都能看到自己的希望。——刘墉。
心中有座山，人生有方向；心中有座山，人生有登攀；心中有座山，人生有希望！

1. 每一个成功者都有一个开始。勇于开始，才能找到成功的路。
2. 世界会向那些有目标和远见的人让路。
3. "人"的结构就是相互支撑，"众"人的事业需要每个人的参与。
4. 人之所以能，是相信能。
5. 旁观者的姓名永远爬不到比赛的计分板上。
6. 积极思考造成积极人生，消极思考造成消极人生。
积极思考＋积极行动＝积极人生；积极人生＋积极团队＝成功人生！

幸福就是，坚持了应该坚持的，放弃了应该放弃的，珍惜现在拥有的，不后悔已经决定的。

【因为喜欢，所以包容】

1. 当童话渐渐苏醒的时候，我才发现，遗落在时光中的影子，再也找不回来了。

2. 有些感情，注定要用时间来稀释。

3. 遇见你，或许注定中会拥有温暖，会告别孤单。

4. 即使时光短暂，却足够刻骨铭心。

5. 浮华背后，极力想尽情描绘永恒的画。

6. 一个人的世界里，两个人苍白的回忆。

因为喜欢，所以包容；因为包容，所以星湖！

对于喜欢或爱你的人，不论你喜欢、爱对方与否，都请不要"恶语相向"——那实在是一种伤人的举动。

我愿用司马相如的那句话自勉：有非常之人，然后有非常之事。有非常之事，然后有非常之功。

靠梦想叫早起！别靠闹钟。

自己得意时，心里有根鞭子不时轻轻抽打自己；自己失意时，心里有双温暖的手不时搀扶自己。朋友得意时，你一句适时的赞美可平添百倍热情；朋友失意时，你一句诚恳的鼓励会燃起向前激情。得意和自负时，需要淡然地给自己留一条退路；失意和失落时，需要泰然地给自己觅一条出路！

成功并不只等于工作成就，也不只意味着名位权势，更不该只是银行存款。真正的成功，是生命的平衡状态，就是兼顾生活的方方面面，有工作也有休闲，有爱情也有自己，有财富也有健康。在生活的任何两个极端中，找到属于你的平衡点，也就找到了真正的成功与幸福。

发展在于打破已有平衡，成功在于达到新的平衡！

【哲理故事】

　　"文革"时，一女士被剃了一个阴阳头，公众批斗，当众羞辱，该女士是当时一位有身份的人，虽说学佛多年，仍难忍如此侮辱，当时死的念头都有了。禅门大师贾题韬当时递上一纸条，女士即豁然开朗，破涕为笑，安然度过此劫。纸条就七个字："此时正当修行时"。遇困境时，谨记此七字真言。

　　此时正当修行时！信念与理念的力量！

生活是不断寻找理由前行的过程，这个理由可以是颓废或奋发，痛苦或快乐，不能选择开始，但可选择活法。生活只是活着的过程，从生到死的过程，从无到有再到无的过程；生活是个有目标的旅程，是个爱与被爱的过程和各种欲望升腾，膨胀，撞击，消亡的过程；生活是个抛弃无知，追求智慧的过程，也是长久忍耐的过程。

生活是种子深埋、生长的过程，是不断与外界发生关系的过程；生活是个不断追求幸福的过程，是个不断包容的过程。包容是生活之艺术。能包容幸福，就拥有幸福；能包容痛苦，就能化解痛苦；能包容什么人，就能跟什么人成为朋友！

嫉妒是种负面情绪，也是种灵魂疾病。害贤为嫉，害色为妒。前者即红眼病；后者即吃"醋"。害贤者，器小自私，嫉贤妒能，恼人之才，厌人之富，忌人之德，蔽人之功；害色者，缺乏自信，量狭独占，仇美薄才，疑神疑鬼。嫉妒心强者虚荣心，自卑感也强，往往以嫉妒开始，害人害己而终。士有妒友，则贤交不亲；君有妒臣，则贤人不至呀！

通常人们只会祝愿人生之路宽广宽阔！不会祝窄一点。园林中窄桥因"小桥流水"意境而受欢迎。人生之路，看似宽广，行走中却窄得让人难以置信。人生之路宽窄平衡之道在于：用我们心理的宽度化解现实中之狭窄！人生之路太窄，会感到艰辛，拥挤；太宽，会迷茫，无路可去。让我们用人生磨合，容纳，理解，使宽窄适度，胜利定夺！

【人生十淡】

1. 淡名：有则珍惜无不强求。

2. 淡利：金钱乃身外之物，适度就好。

3. 淡誉：公道自在人心。

4. 淡辱：荣辱常常与共。

5. 淡得：得不狂喜，心之怡然。

6. 淡失：塞翁失马焉知非福。

7. 淡饮：嗜酒伤身。

8. 淡食：脂肪多为百病之源。

9. 淡友：君子之交淡如水。

10. 淡定：心态决定并改变命运。

淡名，淡利，淡誉，淡辱，淡食，淡友，淡定……不淡不好，太淡也不好！淡过头，人生就淡而无味，淡而乏味！要的是淡淡清香，淡淡清新，淡淡清雅，淡淡清闲，淡淡清纯。

法国普罗旺斯小镇花的天堂。

春有百花秋有月，夏有凉风冬有雪。若无闲事挂心头，便是人间好时节。

我几乎从来不生气，因为我认为没必要，有问题就去解决，不要让别人的错误影响自己。这是我大多时候感到快乐的秘诀。但是，我不生气，不代表我没脾气。我不计较，不代表我脾气好。如果你非要触摸我的底线，我可以告诉你，我并非善良。

好心态就是积极的心态，而不是消极的心态；好心态就是正面的心态，而不是负面的心态；好心态就是阳光心态，而不是阴暗心态；好心态就是超脱的心态，而不是沉重的心态；好心态就是快乐的心态，而不是痛苦的心态；好心态就是自强的心态，而不是自负的心态。

做一个淡淡的女子，不浮不躁，不争不抢，不去计较浮华之事，不是不追求，只是不去强求。淡然地过着自己的生活，不要轰轰烈烈，只求安安心心。懂我的人，不必解释。不懂我的人，何必解释！

　　淡淡的幽香，淡淡的秀丽；淡淡的柔情，淡淡的人生，淡淡的品味；淡淡的温馨，淡淡的久远！

　　唯有真，才是善，唯有善，才会美～故，追寻真，保持善，留住美～故，鄙夷假，摒弃恶，杜绝丑。

　　只要相信自己！一切皆有可能！

　　宽恕就是爱，在乎才有情！

　　我们最先衰老的从来不是容貌，而是那份不顾一切的闯劲。
　　保持童心过日子，保留闯劲干事业。前者抗衰老！后者成大业！加在一块儿星湖成功人生也！

　　何以安身立命？圣贤曰：谦退是保身第一法；安详是处事第一法；涵容是待人第一法；洒脱是养心第一法。又问何以养性修德？圣贤曰：人之心胸多欲则窄，寡欲则宽；人之心境多欲则忙，寡欲则闲；人之心术多欲则险，寡欲则平；人之心事多欲则忧，寡欲则乐；人之心气多欲则馁，寡欲则刚。
　　退保身、安详处事、涵容待人、洒脱养心、寡欲修德！
　　清明一壶茶，叶荡舒如沐；风暖意似熏，新绿慕鲜色；觅径三二步，竹林惊晨鸟；轻轻踏青青，春眼不愿醒。

　　人生犹如一扇门：有人悲观于门内黑暗，有人却乐观于门内安静；有人忧愁于门外风雨，有人却快乐于门外自由；笑着面对悲伤，悲伤会化为动力；笑着面对忧愁，忧愁则化为快乐。其实，人生活得就是一种心情，心态，心境；生活与工作需要快乐进行曲；天天保持好心情，月月保持好心态，年年保持好心境，你就是快乐天堂的主人！

【人生八学会】

先学会从众，再学会与众不同；先学会复杂，再学会简单；先学会爱自己，再学会爱别人；先学会爱亲人，再学会爱朋友；先学会怎样生活，再学会体验生活；先学会做人，再学会做官；先要求自己，再要求别人；先学会适应，再学会独立。

由表及里，循序渐进；循环上升，大道至简。

经历是底气，经历是财富，经历是资本；挫折改变人，挫折造就人，挫折成就人！

刻薄的背后不是孤傲，而是自卑；宽容的背后不是软弱，而是自信！

拿得起是生存，放得下才是生活；拿得起是能力，放得下才是智慧。拿不起的，就是庸庸碌碌；放不下的，就会疲惫不堪。拿得起，才能安身立命；放得下，才能潇洒前行。

人有一分修养，便有一分气质；人有一分器量，便有一分人缘；人有一分虚心，便有一分智慧；人有一分经验，便有一分事业；人有一分磨难，便有一分本领。现在每一分的积累，都会在未来兑换为成果。勿以善小而不为，勿以恶小而为之。

有修养，则提气质；有器量，则增人缘；有经验，则添自信；有磨难，则长本领；有智慧，则易成功！

多看他人之长处；多想他人之好处；多听他人之怨处；多帮他人之难处！

花荣草枯之间才知生命之可贵，成败得失之际方识人情之冷暖！

万事如意只是美好祝愿，曲曲折折才是人生意境！

古人云："下君之策尽自之力，中君之策尽人之力，上君之策尽人之智。"故，尽己力不如尽人之力，尽人之力不如尽人之智！

【人生啊，人生……】

1.有幻想，没目标不行；2.有努力，没毅力不行；3.有精明，没聪慧不行；4.有能量，没自信不行；5.有能力，没合力不行；6.有底线，没界线不行！

人，小时候简单，长大了复杂；穷的时候简单，变阔了复杂；落魄的时候简单，得势了复杂；君子简单，小人复杂；看自己简单，看别人复杂。这个世界其实很简单，只是人心很复杂。其实人心也很简单，只是利益分配时很复杂。人，一简单就快乐，但快乐的人寥寥无几。

要快乐，其实很容易，把自己变回简单就快乐！变简单，其实很不易，把自己变回简单不简单！

一个人的缺点往往暗示着他的优点：1.当你讨厌一个人急性子，你为什么看不到他的行动力？2.当你讨厌一个人很强势，你为什么看不到他的决断力？3.当你讨厌一个人说话绕弯，你为什么看不到他的思维缜密？4.当你讨厌一个人行动缓慢，你为什么看不到他的包容和淡定？

缺点暗示优点，优点隐藏缺点，针对特点用人，成就人成就事！

月有阴晴圆缺，人有悲欢离合。面对不如意乃至挫折，应以积极态度、主宰精神、驾驭精神来应对！关键在于：忍得住、挺得住、想得开、看得开、放得开！

人生在世，困难与挫折难免。困难和挫折并不可怕，可怕的是困难面前抬不起头，挫折面前挺不起腰。熬过黎明之黑暗，就是光明，就可感受到"山重水复疑无路，柳暗花明又一村"之境界。人常言：木有过不去的火焰山。坚持就是胜利，挺住就会成功！

保持一颗平常心，就是拥有一颗常人之心；保持一颗平常心，就是拥有一颗平淡之心；保持一颗平常心，就是拥有一颗平凡之心；保持一颗平常心，就是拥有一颗理性之心！

坚定的信心，能让平凡的人们，做出惊人的事业，活出精彩的人生。对于敢于、善于凌驾于命运之上的人来说，信心就是生命的主宰！命运的主宰！

忙碌之余有木有这般渴望：喜欢云淡风轻的心情，钟情拈花微笑的表情，享受斜风细雨的天空，仰望月朗星稀的夜幕。只想在阡陌红尘里寂静来去，不言不语，不惊不喜，不怒不悲，安之若素。懂云之飘浮，懂花之清心，懂石之情趣，懂草之扎实，懂月之思念，懂天之伤怀。人生在世，若能有"单时有人相念，离别时有人相拥"，足矣！

【人生的难点】

最难描绘：风景；最难重复：心情；最难把握：情感；最难相信：忠诚；最难提高：素质；最难改变：命运；最难统一：行动；最难做好：细节；最难处理：关系；最难邂逅：机遇；最难实现：理想；最难得到：人心；最难分配：利益；最难平衡：心态；最难控制：情绪；最难战胜：自己。

人生难点所在，也往往是人生亮点所在！

真水无所香，真人无所名。做人一世应力求纯净如水，宁和，澄澈，沉稳，灵动，格雅，清新，无欲，淡漠，透彻。"平平淡淡是最真"应成为人生之信条；"淡泊以明志，宁静以致远"应成为表心明志之方式；"荡涤万物之浊"则应成为人生之精神写照。在奔腾不息之生命长河中，掬一捧真水，做一回真人，足矣！

别总为利弊得失而患得患失；别为欲得到一时满足而欣喜若狂；别为雕虫小技一时得逞而自鸣得意；别为不必为欲望未得满足而悲悲戚戚；别为好高骛远不现实而绞尽脑汁。

其实，人生的快乐与烦恼是对称的。只是，差别仅是：你的心态是快乐放大器，还是烦恼放大器；你的心境是快乐过滤器，还是烦恼过滤器。一个人每笑一次，便增加一点儿生气。用好放大器与过滤器，就会快乐多多，烦恼少少！

人在20岁年代，应主要靠意志力取胜；人在30岁年代，应主要凭智慧取胜；人在40岁年代，应主要靠理智的判断取胜；人在50岁年代，应主要靠亲和力取胜！

人，不由自主地来到这个世界，而且是个倒计时的生命历程，应该不会真有来生！故，一定要好好生活，好好作为！生命如此短暂，不必叹老。偶尔可以停下来休息，发发微博，听听音乐。但是别放弃前进的脚步！走了一段路，记得回头看看。请记住：每天的太阳都是新的，不要辜负了美好的晨光与光阴，学会享受，拥抱灿烂人生！

【成长是不断走向新成功之加油站】

持续不断之成功必然依托于不断成长之过程。刻意追求成长，不刻意追求成功，让成功成为成长之必然结果，这应当成为当代青年通往成功之正确道路！耕耘是不断的成长，收获是必然之结果；只向往结果，必拔苗助长，最终枯萎而死。

当今社会急功近利之风泛滥成灾。不少年轻人只求成功、不求成长，只求结果、不重过程，令人悲哀、令人遗憾。这就如同造房子，只求房子高度，不把地基夯实，到了一定高度，房子必轰然倒塌。

青年时代是一个人成长之最佳时光，认真学习、努力实践、独立思考、探索真知、广交益友，让美好青春留下一路成长之轨迹，定是令人着迷之事。这其中，前途之迷茫、失恋之痛苦、人生之徘徊、现实之苦闷，都是成长之一部分，是走向成功之必经之路。

面对成长的烦恼，有的青年朋友认识不到成长是成功之前提与基础，选择用一种浅薄的方式——或打游戏或上网或逃避——来刻意回避自己成长所必须经历的努力和痛苦。其实，任何逃避都只能是暂时的。今天一时之逃避意味着未来以成倍的努力与痛苦去偿还。

在现今我们身边，不难找到反面教材：一些青年人不愿意主动成长，不追求知识与能力，不丰富自己的心灵，不思考自己的人生，不接受他人帮助，结果在社会边缘游荡，成天怨天尤人、怨声载道，不能融入社会，也不被社会所接纳。这一切，都应成为唤醒自己的有力教材。加快成长，才能走向成功！GoGo 加油！

茫茫人海，漫漫人生，其实：过程是最美好的，相知是最难得的，结果是最盼望的，相思是最苦恼的，等待是最漫长的，友谊是最珍贵的。

既读万卷书，更行万里路！从读书中发现新知，从实践中提升能力。以学养心，学实并举，所用促所学，所学致所用！

心态：决定你的思维和行为；决定你的世界和环境；决定你的成功与失败；决定你的心情与心境；决定你的快乐与幸福；决定你的未来和人生！

生活就如同一面镜子，你用什么态度面对它，它就会用什么态度回馈你！整理好自己的心态，学会自我心态管理，你会更多看到生活镜面里回馈出你自己灿烂的笑容！

【 对过年的反思 】

过年最好不要串门，不要礼尚往来，不要狂发短信；过年最好与长辈和儿女一起宅，集中享受天伦之乐；过年最好停止奔波忙碌，不要赶飞机赶火车，不要在旅馆中过年；过年最好安安静静，不放炮仗，放下一切压力与功利，不要想着烧头香；过年最好让全家放松休息，不要让孩子学外语学钢琴。

【 某些外企白领说的"中文" 】

这个 project 的 schedule 有些问题，尤其是 buffer 不多。另外，cost 也偏高。目前我们没法 confirm 手上的 resource 能完全 take 得了。anyway 我们还是先 pilot 一下，再 follow up 最终的 output，看能不能 run 的比较 smoothly，更重要的是 evaluate 所有的 cost 能不能完全被 cover 掉。

试读一遍，挺过瘾！有解除烦恼劳顿之功效哦！

出席上海交响乐团 2012 新年音乐会及晚宴。名流明星名人汇聚。

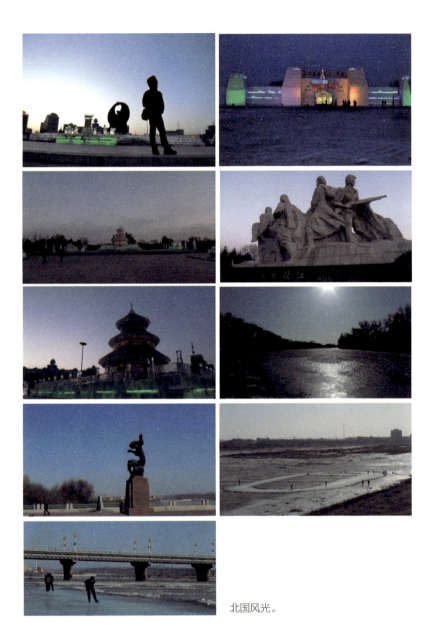

北国风光。

武功山功成名天下，迎宾松雄浚傲苍穹。

望瑟瑟冰霜，看武功山尽染；仰苍苍天地，叹罗萧水胜景。

登峰嵯峨碧玉簪，武功山冰霜尽染；叹高山草甸如银，赞萍乡山水奇观。

人生不能没有事业，事业是关乎生存、温饱和发展的大事。但生活情调、生活智慧、生活艺术、生活质量同样重要！要生存，不要苟活；要温饱，不要奢侈；要发展，不要放纵！

每天早上起床后，我都看一遍福布斯美国富翁排行榜，如果上面没有我的名字，我就去上班。

——罗伯特·奥本

女儿学校规定，必须佩戴校徽进校。小女儿丢三落四，找不着了。可学校不给补，也买不到，每次进校门就被记名扣分，没完没了。无奈之下我昨晚给她做了一个，不知今天能否蒙混过关。不过我更想看看学校和老师的反应，也想问问，干嘛非要戴校徽？

当形式、手段与目的被混淆，异化并以规定的名义出现时，事情就变味了！类似情况在许多领域均有存在，异曲同工，大同小异！"一刀切"容易，"切一刀"不易！

碧海蓝天，蓝天碧海。

春天来了——江苏兴化，千岛"垛田"菜花黄。

江南春早。

春雨的早晨，踏着水珠去上班。

美好生活离不开美妙音乐！推荐童鞋音乐作品：1. Depapepe：像微风一样轻快的旋律，带来夏天海边独特的美感，与静谧思考相吻合，颠覆配乐与主流音乐之差别。2. 久石让之著名电影配乐，与宫崎骏之动画堪称绝配。静坐书房，边阅读边欣赏此音乐，让心情荡漾，不妨一试哦……

【一则爱心广告】

上海中山公园门口路边的一棵树下每天都会坐着一个年逾古稀的老婆婆在那边卖蚕宝宝。那么大年纪每天就靠卖蚕宝宝养活生计。走过路过大家可以去看看，顺便买一点，献点爱心。一块钱五条，还有桑叶。不方便的就请转发让更多人知道，也算一份爱心吧。

小时候，买来蚕宝宝，放学后忙着采桑叶喂养蚕宝宝，看到蚕宝宝的蜕变，好开心！如今的孩子，更应增长对自然与生物的了解，不是吗？

谁说俺油菜花木有境界?! 从岩缝里生根，发芽，生长，开花，结果，俺容易吗?!

岩石也有春意……

春天的附着力。

1 青山碧水总相怡。

2 山涧流长。

3 山涧泉水落九天，蛟龙岂是池中物。

4 山涧溪水天上来，恰似神仙岩泼墨。

5 青山雾霭圣女在，竹舸条条水中游；风吹流云相望渡，漂流山涧在武夷。

1 门外无人问落花，绿色冉冉遍神州；今朝立夏风清爽，圆月温馨在福州。

2 千年铁树。

3 闽山苍苍海蓝蓝，天然良港三都澳；千峰万波通八方，心路相连新宁德。

【花海】

这个世界的美丽超出你的想象。

世界如此美丽，超出俺们想象；花海如此壮丽，冲走俺们烦恼！

墨舞冬夏，影观春秋。

人间仙境：Queenstown 一景。

SYDNEY 印象。

Queenstown 风光无限好，
入眼皆是画！

Titanic 的姐妹船仍在
运行哦。

1 蓝天白云和雪山欢迎你!

2 大眼睛，双眼皮，纯天然! 求偶标准：随缘就好!

3 哼，光知道拍照，也不给点吃的!

4 高原洋姐妹。

5 原先自以为是大个子，见了真袋鼠后才发现，原来身高比不过袋鼠～190cm!

6 其实有吃有喝，木有翅膀有何妨! 俺幸福指数高着呢! 无论如何，俺也是珍贵
  之鸟呀!

1

2

3

1 飞在蓝天，俯视群山峻岭！

2 画一般美丽，诗一样美好！

3 驼羊形象不俗，俗名不雅！

1 小羊羔好有爱哦……

2 新西兰初冬之金丝柳～微风中婷婷玉立之金发少女!

3 树影婆娑之美……

1 Mr. 道格：A Gentledog!

2 沉思中的 Mr.Gentledog！

3 这个很有爱哦……

4 浓墨重彩的山山水水＋浓情密意风土人情：新西兰印象！

1 其实有时羊也很威武？有木有这个感觉？

2 把俺的全羊毛大衣还给俺吧？！俺也怕冷！俺也要漂亮！

3 基督城美墅尤在。

4 玫瑰苑入口。

树影之美……

把根留住：记忆中的高大雄伟！

严冬绿叶。

体验螺旋桨的支线
小型客机。

分享新西兰农场风光。

新西兰乡村的房子～～
与自然生态相和谐！

【享受新西兰阳光】

瓦卡提普湖边，驶来一艘大船，定睛一看，才知道就是闻名的古老蒸汽船。蒸汽船沿着海湾绕了个弯，船头尖尖的，船尾圆鼓鼓的，吐着黑乎乎的蒸汽，慢慢驶进了码头停靠。

西藏玉龙拉措：落花如有意，来去逐轻舟。

青藏高原，世界屋脊！

　　平生第一次离天这么近，平生第一次在感受自己心跳中活着，平生第一次在真正的高山环抱中穿行，平生第一次感受到在藏区听藏歌比在母亲怀抱中还安逸……

　　西藏是个神灵之地，这里自然中的每一寸土地都早已是某个神灵之地。藏民们无论做什么，都会通过特殊的仪式与自然中不同之主义进行沟通。在藏区，无论什么地方，神灵都与藏民日常生活密切联系。

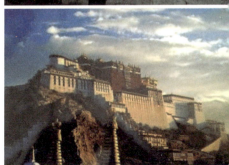

布达拉宫：世界海拔最高、规模最大的古代宫殿。

　　我为西藏高原之神秘、壮美与空灵而震撼！驴友们的天堂啊！

　　西藏是个不饮而醉的地方。担心高原反应，虽不敢饮酒，但仍有醉意：我们醉在异域风情的魅力中，醉在八角街熙熙攘攘的人群里，醉在沁人心脾的花香中，醉在美丽如画的古殿中，醉在雄壮挺拔的大山处，醉在蓝天白云的变幻中……

没来西藏前，以为西藏高原上多为无边无际的草原，孤独的牧民们信马由缰，牧马四方。西藏地广人稀不假，但实际上，80%以上的藏族人生活在农业种植区。村庄、寺院、城镇组成了西藏。

1 圣城拉萨，高原城市，商业繁华，欣欣向荣，蒸蒸日上！

2 有木有藏文化特色。

3 西藏战神。

4 绘画中的藏族姑娘。

寿星　　　　　壁画

藏风 12 生肖像：

鼠、牛、兔、龙、马

羊、猪、鸡、狗、猪

稀饭藏风木刻图像。

藏传佛教：各类佛像及用具让人大开眼界。

高原鲜花怒放。

江孜，藏语中的意思是"胜利顶峰"，法王府顶，这个英雄之城、这片富饶的土地历史上造就了诸多英雄！

长空之下，英雄城外，宗山巍峨挺拔。

去江孜一路上高山峻岭，景色叫绝。盘山路像飞舞的彩带绕过一道道山峰。黄灿灿的油菜花无边无际，犹如金色的海洋，一直延伸到大山深处。

5500 米珠穆朗玛峰观景台。

出席援建项目江孜民族服装厂改扩建工程奠基仪式。项目建成后将扩大生产规模，提高生产效益，扩大藏民就业，提升工艺水平，发展藏族特色服装产业，为藏族同胞带来实惠，为江孜发展做出贡献。扎西德勒！

雅鲁藏布江边。

在西藏历史上历任达赖中，六世达赖仓央嘉措是位传奇的悲剧人物。他短暂的一生是在凡情与佛心的矛盾性格中走完的。活佛仓央嘉措看似风流浪荡，其实他所寻求的和凡人木有什么两样。

达赖喇嘛是西藏政教合一权力之顶峰，但六世达赖却成为政治斗争之牺牲品，落得"诏执献京师"之悲惨下场。据说，在"解送"北京行至青海湖畔被杀害，时年仅 24 岁。但更多人情愿相信他得以脱逃而修炼成一位大禅师。

住进布达拉宫，我是雪域最大的王。
流浪在拉萨街头，我是世间最美的情郎。
—— 六世达赖仓央嘉措

跨鹤高飞意壮哉，云霄一羽雪皑皑。此行莫恨天涯远，咫尺理塘归去来。

——仓央嘉措据此诗，被藏民们认为是真正的六世达赖喇嘛，因其能预言其转世灵童在何处诞生。

在那东山顶上，升起了皎洁的月亮。娇娘的脸蛋，浮现在我的心上。

——六世达赖仓央嘉措

心中爱慕的人儿，若能够百年偕老，不亚于从大海里面，采来了奇珍异宝。

——六世达赖仓央嘉措

白昼看美貌无比，夜晚间肌香诱人。我的终身伴侣，比"鲁顶"更为艳丽。（注：鲁顶即吉才鲁顶，位于哲蚌寺附近之园林。）

——六世达赖仓央嘉措

结尽同心缔尽缘，此生虽短意缠绵。与卿再世相逢日，玉树临风一少年。

——六世达赖仓央嘉措

大昭寺是座始建于西藏吐蕃时期的寺庙，以其悠久历史背景及富有魅力的人文景观吸引无数人之关注，成为朝拜者心中之圣地、驴友们之天堂。

站在大昭寺广场纵观四处，朝圣者络绎不绝，驴友们川流不息。大昭寺广场及八角街是热闹的接近尘世的，是亲切的可以触摸得到的，它让人有所乞求、有所向往，它坚实地屹立在你身边让你可以将心放置于其掌心怀抱，且神圣、庄严的，以神加持的无形力量让人们虔诚地拜伏在它的脚下。

姑娘美貌出众,茶酒享用全齐。

哪怕死了成神,不如对她倾心。

——六世达赖仓央嘉措

　　白天,高原的日光毫不留情地暴晒脸上的皮肤。七月的夜晚,每天夜雨准时而来,淅淅沥沥落在屋外的草地上,洒在行人稀落的街巷里,飘进枝叶繁茂的树丛中,溶入湍急的河流中。每晚,雨滴无声无息地进入梦中,留下几许清凉与惆怅。

　　清晨当人们从夜晚的酣梦中醒来，第一眼见到的一定是在清新的空气中落在窗前的那抹柔润而明亮的光束，然后不一会儿，那抹光又从着涩中迅速脱身，进而变得刚硬而强烈，一不留神，炽热的日光已毫不留情地暴晒着脸上的皮肤。

　　在藏传佛教中，人们相信：人的生命是轮回不息的。经筒里装上六字真言，摇在手里，转在途中，生命无止境地轮转，转世为人或转生为其他物种，全看今日之修行了。

　　旅行的温度由驴伴决定；旅行的满意度由导游决定；旅行的美誉度由景点决定；旅行的长度由钱包决定；旅行的宽度由目光决定；旅行的深度由心灵决定。

　　知识可学来，能力能练出，智慧靠揣摩、历练与感悟。有智慧，知识越多越好；没智慧，知识越多越糟。智慧是知识与能力的总管家。没了总管家，知识与能力就会事倍功半；有了总管家则事半功倍，曲径通幽。以道御术，修心开智。

　　博观而约取，厚积而薄发；术业而闻道，因势而利导；知足而长乐，知难而奋进。

　　聪明人关注生存能力，智慧之人则追求做人境界。古语曰：小聪明，大智慧。说白了：聪明人的智慧就是要使自己"傻"一点。郑板桥所说的"难得糊涂"就是这个道理。

　　智慧之人往往亲切随和，乐于付出，主动奉献；凡事以身作则，主动担当，真诚待人，大智若愚。

　　运气的定义：有准备之人在那个时间窗口做了那件事！运气是时间的函数。运气只对有能力有准备的人生效。踩对节拍好运连连，踩错了连连倒霉，倒霉时喝凉水都塞牙。

【艺术之美】

　　把书法之美、舞蹈之美、运动之美中"欲左先右，欲上先下"用于生活与工作会很灵很美很有用！可避免太僵化太生硬。比如：欲取先予；欲堵先疏；欲速先慢；欲争先让；欲扬先抑；欲收先放；欲得先舍；欲紧先松；等等。

【欲扬先抑之美】

唐伯虎为王公大臣老夫人写祝寿诗。第一句"夫人原来不是人",家人大怒!
见又写"九天仙女下凡尘",转大喜。第三句先写"所生五儿皆为贼",五子齐怒!
见"偷得蟠桃献母亲"后,转怒为喜!

【人生的机会】

人平均一辈子只有 7 次决定人生走向的机会,两次机会间相隔约 7 年,大
概 25 岁后开始出现,75 岁以后就不再有了。这 50 年里的 7 次机会,第一次
不易抓到,因为太年轻,最后一次也不用抓,因为太老,这样只剩 5 次了,这
5 次机会里又有两次不小心错过,所以实际上只有 3 次机会了。

被他人评论与评论他人,天天会碰到!建议:把别人的评论当《参考消息》
读,在评论他人时像《人民日报》那样。"哪个人前不说人,谁人背后无人说",
在繁复的人际关系里,哪怕你没有做错什么事情,也不可能只听到肯定的话、
赞美的话,更何况我们常常做错事说错话。但是,我们无需因为一句好话就高
兴,一句批评就郁闷。对于别人或好或坏的评价,我们不必太过在意,人生在世,
活的不是一个脸面。

一个聪明的女孩子学习知识，可以变成一个很聪明的女人。一个聪明的女人继续学习知识，不间断地完善自己，她就变成了一个女性天才。

要心中常驻快乐，就无须沮丧。使自己保持一个清净的心，得之淡然，失之坦然。

Great people talk about ideas. Average people talk about things, Small people talk about other people. ——大人物聊理念，普通人聊做事，小人物聊八卦。

菩提非树，明镜无台；福在简淡，寿始释怀；情出于心，虽远亦近；关心如茶，暗香自来。

何为真情朋友？ 君子相知，温不增华，寒不改弃，贯四时而不衰，历坦险而益固，或见或不见，总挂在心里，念在情中，聚则欢乐，分则思慰，是为真情。

生本无道理，来得自然，走得必然。这讲道理，那讲道理，累人累己呀！为人处世简单点比复杂了好。别与命运叫板，别与他人叫板，别与自己叫板！

人与人之关系，最重要的是一个"给"字！要给人以信心，给人以希望，给人以欢喜，给人以方便！

给人以希望，就是给人一条路，而不是把出路堵死。穷，不可怕。穷是无常的，无常就可改变。笨，也是可以改变的。给人以希望，就是给人以力量，给人以美好！

给人以欢喜，在如今这个人情发展的时代，已变得越来越珍贵了。通常人们往往给人以烦恼、打击、伤害。不少人拥有金钱、地位、健康，却无欢喜。欢喜比金钱、爱情、地位更重要。穷有穷的乐趣，欢喜是心中的财富。让我们把欢喜撒向人间！

　　给人以方便，就是给人以服务。在如今的服务社会，不会服务就萎缩。发财之秘诀在于服务、奉献。职场中、生活中，给人以方便，就是给自己以出路！

　　不忘初心，就会心甘情愿，历经挫折而拥有持之以恒之力量；不请之友，就会为社会、为国家主动出力，自觉奉献；不变随缘，就会坚持不变之原则和随缘之性格，小事不计较，大事不糊涂；不念旧恶，就不会记恨不记好，记仇不记恩。人有不可忘者，有不可不忘者；人有不可知者，有不可不知者。

　　可怕的不是真坏人，而是假好人！如此"好人"其实并不鲜见。

【批评是一门艺术】

1. 找旁边没人的时候；2. 姿态不要高高在上，声音不要太高亢；3. 对事不对人，不要点评人格；4. 先赞扬后批评；5. 尽量缩小批评范围，让对方去领悟；6. 说这件事，不要翻旧账；7. 若可以，请说让我们一起进步来结束。

错误的批评方式无异于打自己的脸。批评的目的是为利好，而不是出气或搞坏！讲究艺术，讲究场合，讲究方法，讲究语气，讲究角度，讲究效果！

利刀伤皮肉，皮肉易治痊；恶语伤人心，心伤记一生！祸从口出，怨由心生！不求一时之快，但求将心比心，以心换心！

人们寻找幸福就如同登山，往往羡慕别人比自己登得高，却忽视后面众多人也在羡慕自己！

大多数人会觉得：幸福总围绕在别人身边，烦恼总纠缠在自己心里。如：差生以为考了高分就可无烦恼，穷人以为有钱就可幸福。结果：有烦恼的依旧难消烦恼，不幸福的仍难得幸福！

其实人生之烦恼是自找的，并非烦恼离不开你，而是你撇不下它。在如今这个人人趋利人人逐利的社会，为权，为钱，为名，为利，人人行色匆匆，背负沉重布囊，装得越多，牵累也越多越重！

出生一张纸，开始一辈子；毕业一张纸，奋斗一辈子；婚姻一张纸，折磨一辈子；金钱一张纸，辛苦一辈子；荣誉一张纸，虚名一辈子；看病一张纸，痛苦一辈子；悼词一张纸，了结一辈子；淡化这些纸，明白一辈子；忘了这些纸，快乐一辈子！

谣言也是灾害，是因口舌而生的灾害，是对人心灵的灾害与伤害。谣言一旦演变为诽谤，便可用法律追究诽谤者之责任。谣言把好端端的清平世界搅得浑浊不堪！如何面对谣言？古人曰："何以息谤，曰无辩。"迎头痛击不如沉默躲避。

如何判断自己是否趋于成熟？当你发现你可责怪之人变得越来越少时，就意味着你变得越来越成熟！因为你会发现人人都有难处！你越是成熟，你越发现别人之不易，越是能理解和谅解别人！

不要以为年轻真好，正因为你年轻，所以给了这个社会狠狠伤你的机会。因为年轻，所以容易受伤；因为受伤，所以不断成长！

心中无缺才叫富，被人需要才叫贵；快乐不仅仅是一种性格，快乐其实是一种生存发展能力！

拥有宁静的心灵，才能发现意想不到的美。

失去的不再回来，回来的不再完美。

世事纷扰，独月下宁静。

别沮丧，生活就像心电图，一帆风顺就证明你挂了。宁可生活起伏，不要生活乏味，更不要变直线。

真正爱你的人不会说许多爱你的话，却会做许多爱你的事。

只做不说傻把势，只说不做空把势，又做又说真把势。七分行动，三分表达，最真切。

山脚的人很多，你很孤独，因为他们都听不懂你说什么；山顶的人不多，你还是很孤独，因为你都听不懂他们说什么。孤独与你身边有多少人没关系，与你身边是什么样的人有关系。有时挤在人堆里却很孤独，有时独自一人却很充实；孤独与心境、理解更有关，与你身边人数无关！彼此理解，思念与被思念着就不再孤独！

人生就是这样：和阳光的人在一起，心里就不会晦暗；和快乐的人在一起，嘴角就常带微笑；和进取的人在一起，行动就不会落后；和大方的人在一起，处事就不小气；和睿智的人在一起，遇事就不迷茫；和聪明的人在一起，做事就变机敏。——借人之智，完善自己。学最好的别人，做最好的自己。

人的一生是否精彩，关键在于能否抓住那些最有决定意义的转机。最有希望成功的人，并不是才干最出众的，而是那些最善于发掘和利用每一个机遇的人。

知识、才干、经验是前提与基础，是必要条件；机遇、魄力、毅力、亲和力和感召力是翅膀与充分条件！

人生的目标，在于向前，也在于拐弯。人生的成长，在于学习，也在于经历。人生的修养，在于顿悟，也在于静修。人生的态度，在于进取，也在于知足。人生的标准，在于看高，也在于适合。人生的幸福，在于得到，也在于放下。人生的质量，在于内容，也在于积淀。人生的秘诀，在别人身上，也在你那里！

得到，幸福！放下，也幸福！

佛曰：缘来天注定，缘去人自夺。种如是因，收如是果，一切唯心造。笑言面对，不去埋怨。悠然，随心，随性，随缘。

得之坦然，失之淡然，顺其自然，逆其悠然，自然而然，一切必然！

有时，这就是人生。鱼儿不笨：就不上钩！人儿不呆：愿者上钩！

【 "赢" 的解读 】

"赢"由五个汉字组成：亡、口、月、贝、凡，包含着赢家必备的五种意识或能力。亡：危机意识；口：沟通能力；月：时间观念；贝：取财有道；凡：平常心态，从最坏处着想，向最好处努力。

对过去恋恋不舍的人，成就不了未来。这个世界上唯一不会变的，就是这个世界随时都在变。你必须相信时间的力量，所以，请尽快从过去中走出来，释怀过去，总结过去，而不是一天到晚地琢磨着回到过去。过去的种种，对现在的你已经毫无意义，仰一仰你的头，看看前面崎岖的路，好好地接着前进吧。

卸下包袱，轻装上阵，成就未来；告别昨天，珍惜今天，拥抱明天！

活得糊涂些，爱得糊涂些，活得简单些，活得粗糙些，才更幸福！

没有十全十美的东西，没有十全十美的人，关键是要清楚自己到底想要什么。得到想的，肯定会失去另外一部分。如果什么都想要，只会什么都得不到。

世上无完人，岂能求完人？欲求所得者，必先学舍弃；学会舍弃者，必有新收获！

做人以低调为下线，张扬为上线，在上下线可行区间波动，视情况合理波动！

一个人起点低并不可怕，怕的是境界低。越计较自我，便越没有发展前景；相反，越是主动付出，那么他就越会快速发展。很多取得一定成就的人，在职业生涯初期都是从零开始，把自己沉淀再沉淀、倒空再倒空、归零再归零，他们的人生才一路高歌，一路飞扬。

躬身入局，低开高走；顺势而为，借力登高！

人一辈子，总要悲一阵子，喜一阵子，聚一阵子，散一阵子，青春一阵子，美丽一阵子，沧桑一阵子，深沉一阵子，幼稚一阵子，成熟一阵子，烦恼一阵子，艰辛一阵子，痛苦一阵子，幸福一阵子。不管哪阵子，别忘了，不论你再丑再穷，总会有一个不嫌弃你的人，陪着你，不是一阵子，而是一辈子。

过好每一个一阵子，拥有精彩的一辈子！

你越出色，恨你的人越多。你越好，讨厌你的人越多。因为你的好，衬托出别人不够好。所以当你越来越优秀，遭受的非议就越多。不要自降身价迎合人，全力以赴往前走吧，等你登上顶峰会发现，其实在非议你的人背后，还有更多爱你的人。因为爱你的人，往往是沉默的大多数。

作用力与反作用力相伴而生，推动力与阻力相随而生，若脚下没有摩擦力，我们岂能前行？克服阻力做功，借用摩擦力前行！

我们周边聪明人很多，但有时聪明反被聪明误。慧易成事，但难成大局；痴似呆拙，但能体现决心，毅力，格局，气度，勇气等特质，孜孜不倦终会成就不凡格局。社会上"痴人"少，聪明人多。聪明人精于算计，心思心计心眼多，稍有困难就不做，稍遇挫折就放弃，眼前无利就回头，为人求避害，做事讲趋利，结果举步维艰，难成大事。

立志要如山，行道要如水。不如山，不能坚定；不如水，不能曲达。心境善，事事皆善；心境美，事事皆美。

心境美，事事皆美！心情好，人人皆好！心态好，天天皆好！

真正快乐的人是那种在走弯路时也不忘享受风景的人。

曲径通幽，曲径通优，曲径有美，曲径有乐！

幸福是用来感觉的，而不是用来比较的。生活是用来经营的，而不是用来计较的。感情是用来维系的，而不是用来考验的。爱人是用来疼爱的，而不是用来伤害的。金钱是用来付出的，而不是用来衡量的。谎言是用来击破的，而不是用来粉饰的。信任是用来沉淀的，而不是用来挑战的。

用错倒霉，用错自负！用对增福，用对添彩！

【低调是一种智慧】

山不解释自己的高度，并不影响它耸立云端；海不解释自己的深度，并不影响它容纳百川；地不解释自己的厚度，并没有谁能取代她万物之本的地位。低调做人，就是用平和的心态来看待世间的一切。修炼到此种境界，为人便能善始善终！

低调是一种智慧，是一种态度，也是一种腔调，更是一种品质！

小人专望人恩，恩过不感；君子不受人恩，受则难忘！

多思不若养志，多言不若守静，多才不若蓄德！

水道曲折，立岸者见而操舟者迷；棋势胜负，对弈者惑而旁观者清！
倚富者贫，倚贵者贱，倚强者弱，倚巧者拙！

食能止饥，饮能止渴，畏能止祸，足能止贪！

以出世的心态做人，以入世的心态做事。"有缘即住无缘去，一任清风送白云。"人生有所求，求而得之，我之所喜；求而不得，我亦无忧。若如此，人生哪里还会有什么烦恼可言？苦乐随缘，得失随缘，以"入世"的态度去耕耘，以"出世"的态度去收获，这就是随缘人生的最高境界。

随缘人生的高贵境界：以出世心态做人，以入世心态做事！

心高者清，智高者明，志高者奋，德高者敬。

勤能持家，爱能添福，诚能交友，信能培谊，动能强体，静能养心。
心善，是大爱无疆的蔓延；心宽，是足智多谋的恬静；心正，是开诚布公的透明；心静，是笑看风云的舒畅；心怡，是乐观向上的情愫；心安，是知足常乐的内涵；心诚，是高风亮节的追逐；心境，是洗心革面的超然。

大喜大悲看清自己，大起大落看清朋友。

定无烦恼，心如花开。

当你比别人差一点点，小人会鄙视你；当你比别人差一大截，小人会嘀咕你；当你比别人差几大截，小人会整死你！

当你比别人好一点点，别人往往会嫉妒你；当你比别人好一大截，别人往往会羡慕你；当你比别人好几大截，别人往往会恭维你！

凡事不必苛求，来了就好；凡事不必计较，过了就好；凡事不必烦恼，笑了就好；其实，人生本质上取决于态度，心平，气和，宁静，致远；不怕路长，只怕心老；不怕寂寞，只怕孤独；不怕艰苦，只怕放弃！

"成功靠得啥？"高人指点，贵人相助，旁人找茬，自己奋斗。

别埋怨生活，别埋怨环境，别埋怨自己，别埋怨他人，别埋怨父母，别埋怨爱人，别埋怨领导，别埋怨部下，别埋怨社会。埋怨就像骑木马，让你有事儿做，但不让你进一步！

人心就如同一个容器：装的快乐多了，烦恼就少了；装的简单多了，纠结就少了；装的满足多了，痛苦就少了；装的理解多了，矛盾就少了；装的宽容多了，怨恨就少了。

你流出来的眼泪，是你脑子里进的水。

其实做人真的很难：说你"不通世故"，不好；说你"深于世故"，"精于世故"也不好！做个领导人，率直，率真，难得且难过！关键要适时宜适地宜适众宜！正确言语与行为方式应为：由率直率真率先率领交互融汇而妥为善为之！

能把箭射得很远的弓，弦未拉开时是松弛的。松弛，能让弓弦保持柔韧。人的意志应该越来越坚定，而心灵则应该越来越柔软。意志不坚定，无以穿越千难万险；心灵不柔软，无法保持慈悲和温暖。若能让意志的坚定与心灵的柔软结合起来，生命就能达到一种通达的境界，就像慢慢溢出的茶香。

刚柔相济，通达无极。

有人在言语间刺伤了你，你愤而离开，可只是人的离开，心却没有离开，你只是一心一意地在生气，在情绪上做文章——这是对生命的浪费，而且是很坏的浪费。毕竟，生气也是要花力气的，而且生气一定伤元气。所以，聪明的你，别让情绪控制了你，当你又要生气之前，不妨轻声地提醒自己一句："别浪费了。"

生气花力气，生气伤元气！用节能减排办法对付生气最有效！

拿破仑说："女人，你是书，每个男人的床头必备，此刻我正艰难地阅读着！"其实，男人也是本书，能遇到读懂自己的女人，是其最大幸运。不少女人自认为拥有一本好书，于是锁入书架，却未读懂。

我用前半生努力让自己变成一个成年人，也许后半生该学习如何做个小孩。——安德森

对冲与反向原则：前半生以趋于成熟为目标，后半生应尽量保持童心未泯！

A不喜欢吃鸡蛋，每次发了鸡蛋都给B吃。刚开始B很感谢，久而久之便习惯了。习惯了，便理所当然了。于是，直到有一天，A将鸡蛋给了C，B就不爽了。她忘记了这个鸡蛋本来就是A的，A想给谁都可以。为此，她们大吵一架，从此绝交。其实，不是别人不好了，而是我们的要求变多了。习惯了得到，便忘记了感恩。自省了：常怀感恩之心，对自己身边所有之人！

如果你不小心丢掉100块，想起好像丢在某个地方，你会花200块的车费去把那100块找回来吗？一个愚蠢的问题，可类似事情却在生活中不断发生。被人骂了一句话，却花了无数时间难过；为一件事情发火，不惜损人不利己，不惜血本，只为报复；失去一个人的感情，明知一切已无法挽回，却还伤心很久……

为过去了的过去"埋单"是最赔本的"买卖"，也是和自己过不去！

男人的胸怀是被冤枉撑大的；女人的魅力是由自信放大的！

The happiest people are not those who own all the best things，but the ones who can really appreciate the beauty of life.最幸福的人们并不一定什么都是最好，只是因为他们懂得欣赏生活的美好。

幸福的客观性要靠主观性、相对性、可感性来体现！感受到幸福，就是真幸福！

男人喜欢聪明的女人，可是又不喜欢女人太聪明。女人聪明到过于精明，那可就会激起男人的反感。聪明女人的过人之处也就是假装糊涂！

常言道：聪明反被聪明误！精明过头=愚蠢到家，固执己见=头撞南墙！

懂得绕行者，往往第一个登上山峰！

聪明是后天训练出来的；智慧是历练感悟出来的；勇气是信念激发出来的；天才是本能发挥出来的；英雄是时势造就出来的。

岁月像把杀猪刀，容颜可倒看，时光难倒流！

幸福＝幸福之本钱＋幸福之源泉＋幸福之基础＝健康＋快乐＋（生活保障＋利益获取＋意愿表达＋人格尊重＋价值实现）。幸福附加分：美丽英俊＋时间自由度＋兴趣爱好等。小时候，幸福是种"东西"，得到就幸福；长大后，幸福是种"目标"，实现就幸福；现如今，幸福是种"心态"，悟到就幸福！

灵活的头脑最聪慧；勤劳的双手最有力，勤奋的双脚最快捷；欣赏的眼睛最美丽；赞美的嘴巴最漂亮！

如果直线是看得见的捷径，那么，曲线很有可能是真正的捷径！

直线表达力度，曲线显示美妙！　直至尽头自然曲，曲至妙处即成园。故：昂首挺胸时，你也许正走在下坡路上；　勾首弯腰中，你可能正在艰难地登攀！

好事多磨乃是人生情调，　愈挫越勇则是英雄本色！

在当今这个物欲横流的社会中，你会发现，总有那些总不肯吃亏之人，总在是非纷争中斤斤计较，总是天天为蝇头小利而乐而忧；其实，吃亏是福！"吃亏"是一种境界，一种睿智，一种胸怀，一种品质，一种风度；也是一种坦然，一种达观，一种超然；更是一种收获，一种福气！

"红与黑"，人的眼珠是黑的，人的心是红的，但如果眼睛红了，心也就黑了！人的眼睛之所以是黑白分明的，那也许是为了让人辨别是非、认清黑白！

男人的爱是俯视而生，而女人的爱是仰视而生。如果爱情像座山，那么男人越往上走可以俯视的女人就越多，而女人越往上走可以仰视的男人就越少。

适可而止才彼此有缘有份。

人常言：死要面子活受累。面子是什么呢？面子往往是无能者寻求自我维护的盾牌！凡优秀人士，追求的定是真理，而不会是面子！说白了，在这个凭真理与实力角逐的竞争社会中，只有不太顾及脸面之人，才易于成为成功之人。要想成为成功之人，无论干什么的，先应来个脱胎换骨，转变为真人！

古人云："小不忍则乱大谋"。忍，要以加强修养、增加涵养、学会宽容、保持冷静为基础。林则徐把"制怒"作为座右铭，提醒自己遇事要忍，以省却不必要之烦恼，避免更大精神伤害和损失。忍一时风平浪静，退一步海阔天空！

人生在世，想得开很重要。要淡泊名利，至少莫看得过重。凡事能争取可尽量争取，争取不到的也不要强求。要有"顺其自然、随遇而安"之境界，要深谙"有得有失、知足常乐"之真谛。一时想不通之事就不要去硬想，一时理解不了之事就不要去穷究，绝不可死钻牛角尖。要学会自我安慰、自我解脱，活它个洒脱自在。

人生在世，应该看得开些。"失之东隅，得之桑榆"，"东方不亮西方亮"，"山不转水转"。把事情看开，就木有解不开的难题，木有摆脱不了的烦恼。把大的看小，把浓的化淡，凡据理力争也说不清、道不明的，可把眼光放远，伺机而动。能把自己的事当作他人之事，把眼前之事当成过去之事，就属于看得开、善调节！

人生在世，要学会放得开。对硬想木有用之事，先搁下，暂不想它。人要学会果断，该拿的拿得起，该放的放得下。百年随时过，万事转头空。遇到烦恼，要学会自我放松，可用转移法有效排遣不良情绪，比如：运动、户外散步、与人聊天、专注于个人情趣爱好，等等，均不失自我排遣之妙法。

有头驴拉了一辈子磨，主人怜悯它，就让它在草地上自由自在吃草。可驴对广阔的世界视而不见，而是一步一个脚印，绕着一棵树打转。原来这头驴拉了一辈子磨，除了转圈已经不知道别的——许多人就像这头驴，终其一生被拴在自己的心智模式上打转。除非，你认识到自己是头驴，否则不会突破自我。

改变心智模式，学会突破自我！否则，等于"光腚拉磨——转圈丢银"！

增一分计较，减一分福泽；学一分退让，增一分恩爱！

忙碌中保持身心的一份宁静，是一种典雅可贵的气质，也是一种积极向上、平和自如的生命态度！

"鹰击天风壮，鹏飞海浪春"之豁达与豪迈，固然令人崇尚；"行到水穷处，坐看云起时"之古典与浪漫，也扣人心弦；然而，在含蓄静穆之中，仍能拥有一份清幽淡雅之幸福，则意味其中渗透出生命之悠远与人生之旷达，则是更加难得之境界！

学以养心；学以明理；学以求道；学以精术；学以致用；学以扬长；学以补拙；学以立德；学以增智；学以广才；学以报国；学以惠民；学以兴业；学以履职。

荀子曰："学者非必为仕，而仕者必如学。"宋代黄庭坚认为："大夫三日不读书，则义理不交于胸中，对镜觉面目可憎，向人亦语言无味。"读书，乃涉及道义、形象和言谈之大事。无论为何职业，也无论加强自身修养、教育后代，均应注重读书。勤读书，读好书，多一分书卷气，多一分才气。

读书之美：品文字，味情致，见山水，识"庐山"，怡情调，体情感，悟真伪，入境界，陶性情，拓胸襟，增见识，长才干，展智慧。

读书之乐趣：读好书以求索知识；读好书以明白事理；读好书以增长才干；读好书以陶冶情操。知识是精神之财富，知识是事理之基础，事理是知识之升华。读书是获得间接知识和经验之最有效途径。

苏东坡诗云："粗缯大布裹生涯，腹有诗书气自华"。读好书，可提升气质与风度。读书是培养气质风度、提升精神品质和塑造高尚人格之最佳土壤。

读书之境界：孔子曰："知之者不如好之者，好之者不如乐之者。"良好境界之读书，可兼收精神与实用之效。赋予太多功利来读书，境界自然不会高。抛弃功利性读书，既可学到知识，也能提高道德修养和精神境界。

在人生不同阶段，读书之境界会有所不同，正如清代张潮在《幽梦影》中所说："少年读书，如隙中窥月；中年读书，如庭中望月；老年读书，如台上玩月。皆以阅历之浅深，为所得之浅深耳。"故，应结合人生读书，关键在于：能否结合人生与境遇读书，求感同身受，细细品味其中喜怒哀乐，深深体会蕴藏在文字之后的厚重和韵味！

多读书有助于提高文字水平。有杜甫诗句为比附："读书破万卷，下笔如有神。"要提高文字水平，就要在勤读书、读好书过程中，不断提高三个能力：收集、汇总信息的能力；分析、研究材料的能力；调研、撰写报告的能力。

古人云："学而不思则罔，思而不学则殆。"读书是基础，思考是升华。只读书木有思考，一知半解，或留于字面理解、浅表理解；反之，只思考木有读书，思考也只会成为无源之水、无本之木。

　　梁启超曾告诫已到美国留学三年的梁思成：你该挤出一部分时间学些常识性东西，特别是文学或人文科学，稍稍多用点工夫就能有大的收获。我深怕你因所学太专一的缘故，把多彩的生活弄得平平淡淡，生活过于单调，则生厌倦心理，厌倦一生即成苦恼之事……

　　书宜杂读，业宜精钻！

　　看的是书，读的却是世界；沏的是茶，尝的却是生活；斟的是酒，品的却是艰辛；人生就像一张有去无回的单车票，没有彩排。每一场都是现场直播。把握好每次演出便是最好的珍惜。

　　读书识世界，喝酒品人生！

　　依智求小胜，靠恒心积小胜成大胜；凭德求大胜，靠合力由大胜到完胜。

　　视无界，智无穷，心无疆，爱无限，业无量！

　　不要过于追求外表，外表会欺骗你的眼睛；不要过于追求财富，财富会渐渐消失；去追求让你充实成功的事业，事业成功会成就精彩人生；去追求让你微笑的快乐，因为微笑与快乐能让灰暗的日子变得充满光彩！

【 心态是自选的 】

在特大型城市，在快节奏、重压力、大人群奔命的人，孤独往往成为不少人心灵的顽疾。孤独是一种心结，心结源自心态，心态又是自选的。若能换一种平和、知足、积极、乐观、向上的心态，就能多些温暖，少些烦恼；多些快乐，少些孤独；多些敞亮，少些心结！

水至清无鱼；人至真无友；山至高无树；物至极必反；事过度而反。

【 成长 vs 成功 】

成长意味着一个人的思想更加丰富、心灵更加充实、能力不断提升、经验日益丰富、意志更加坚强、个性更加圆润。现实中，更多人更加看重成功，而常常忽略成长。取得财富、名誉和地位，只是成功之表象，是成长之自然结果。成功之本质是成长，成长源自内心，得之便永恒。

现实生活中难免会碰到这样那样的问题和不如意。千万别死钻牛角尖，多元思维往往会带来意想不到的效果。换一种方式，会感到生存环境别有洞天；换一种方式，思路就茅塞顿开；换一种方式，困惑会迎刃而解；换一种方式，会忽然心明眼亮！

　　靠天，天会倒，徒添新烦恼；靠地，地会跑，心情多烦躁；靠水，水会流，人生多忧愁；靠己，才可靠，自立多自强；靠友，行天下，人生定自在。

　　人生路上，可能春风得意，也可能坎坷不平。无论如何，我们都要一直走下去。荣耀也罢，屈辱也罢，都要以平和的心态去面对，少一些无奈与感慨，多一份从容和淡然。"宠辱不惊，闲看庭前花开花落；去留无意，静观天上云卷云舒。"把心放平，生活就是一泓平静的水；把心放轻，人生就是一朵自在的云。
　　把心放平，把心放轻，把心放正，把心放安！如此，人生静好。

　　"知道与做到之距离＝离成功的距离"。同学聚会中，同学间无论多么热情热烈地畅叙往日同窗生活与友谊，总免不了一比事业人生之成败高低。面对少数成功者，许多人心里不服。会有人说，他做成的事儿不稀奇，当初我比他懂……其实知道和做到的距离决定了成败！知道与做到中间靠行动去连接！靠努力才能达到成功！

"过去不等于未来，现在决定未来"。过去成功或失败，并不代表将来就能成功或失败。未来靠的是现在！现在做什么，怎样做，做成什么结果与效果，能达到什么目标，将决定未来！

学会说"No"，比说"Yes"更为重要！在日常生活中，懂得并善于拒绝，十分重要，十分必要！千万别为了面子去答应一些不可能的事儿！你只需做你自己认为重要、值得做的事儿，不要让他人消磨了你宝贵的时间与珍贵的精力！

人生中遇到的每一件事，均由好坏两个方面所构成，有利即有弊。当你只看到事物消极的一面时，你很自然、很本能地会自我设限，退缩、避让。这样，似乎可趋利避害，但往往也转入消极被动、丧失机会。若你能积极心态面对，换个角度审视、处置，事情往往会立刻转向积极的那面，会收到意想不到的效果。

【 心态决定成败 】

成功＝心态×能力。能力不会为 0，心态积极则为 10 分，消极则为 0 分；若心态得 0 分，即使能力得 100 分，成功也只是 0！若心态得 10 分，哪怕能力仅 20 分，你的成功也有 200 分。故，你的成败并非由你的能力所决定，而是由你的心态所决定的。为了提高你的成功，在保持积极的好心态前提下，你应尽可能提升自己的能力！

　　一帆风顺时、一马平川际，策马扬鞭固然洒脱；在障碍与挫折面前，仍保持旺盛斗志、坚忍不拔、勇往直前则更为可贵！有了坚持与斗志，再大的困难都不可阻挡！人一旦失去了进取心和斗志，就会一事无成。

　　不作为，或不善作为的人，永远在找困难，永远在找理由。一个人若只把目光和精力集中在困难上，那么，他会人为地放大困难，他会担心、害怕、退缩，并且浪费有利时间，错失有利时机！切记：无限放大困难时，机会已离你而去！

【学会心态转换很重要！】

成功者都会转换心态。通过转换心态，把挫折变成经验的积累，把压力变成前进的动力，把障碍变成对自己的磨砺。其实，对成功者来说，困难并不是来阻碍阻挡他们的，而是帮助他们不断成长、迈向成功的！

改变他人和环境很难，唯有改变自己，影响他人，适应环境。正确的为人处世方式应该是：用内在世界影响和控制外在世界。心态由自己决定。我们所能做的无非是用乐观心态影响周边的人与事，用适当的心态和行为适应环境。对环境与周边提出的要求是合理的，我们面对的叫锻炼；提出要求若不合理，等待我们的只能是磨练！

短信不足：1. 雷同性：千信一面；2. 抄转性：自创不足；3. 缺差异：不同对象用一套词，使受信者食而不得其味；4. 应对型：回复辞不达意，敷衍之意毕现；5. 呆傻型：错把别人署名发出，令人啼笑皆非；6. 似是而非型：内容发错对象，收信者一头雾水；7. 错爱型：至爱信发错对象，令人灼热难当；8. 骚扰型：群发至不识者，令人纠结。

嘴上不饶人的，心肠一般都很软。心里不饶人的，嘴上才会说好听话。所以好人心善，坏人嘴善。照如此推理，心善嘴善之人，嘴不善心不善该如何定义？

男人=难人！男人脖子上的压力山，责任塔，高入云端。

其实，2月14号是愚人节，4月1号才是情人节：2月14号多少人在用甜言蜜语骗别人，4月1号又有多少人以开玩笑为借口说出了真心话。

其实，对于真情实意、真爱实情的人来说，365天，天天是情人节！对于虚情假意之人来说，其实情人节只是骗人节！

这世界就是这么折磨人：有心之人往往无力，有力之人往往无钱，有钱之人往往无情，有情之人往往无缘，有缘之人往往无份，有份之人正闹着离婚！

生活中两种人最不懂正确的生活与享受：一种人只知节俭，节俭得好像他会永远活下去似的，正如"人死了，钱却没花多少"；另一种人只会奢侈，奢侈得仿佛明天就要死掉似的，正如"人没死，钱花没了！"

走过许多年，经历许多事，但依然搞不懂开心与惆怅的距离。很清楚宽容和超脱是美德，但一直掌握不好容忍无知的分寸，学不会对事物轻松放手的姿态。知之易，为之难，坚持更难。

如果蚊子不吸血，改行抽脂肪，那它会是多么可爱的小生灵啊!

若有生物抽脂新技术，一定会大放异彩，流行天下的!

你想的越多，遇到的麻烦就会越多；什么都不想，反倒一点麻烦没有。你怕的越多，欺负你的人就越多；什么都不怕了，反倒没人敢欺负你。这世界就这样，你人品好，别人就来占你的便宜。你横一点，反倒是都来讨好你。别一味地退让，当你受到委屈时，要勇敢地说No! 憋屈着祝人幸福，是这世上最蠢的事情。顺的时候，柔软一点；不顺的时候，不妨硬朗一点!

有一个年轻妻子，她丈夫每晚连续看电视中的拳击节目，什么也不顾。她一气之下回了娘家。一进门，只见她父亲一个人坐在电视机前，也在看拳击节目。她问："妈妈呢。"她父亲头也没回，说："回你外婆家去了。"

聪明女人不会试图改变男人之间的共性，也不会试图改变其始终改不掉的个性。互相适应才是出路! 适者生存，也同样适用，同样生效。

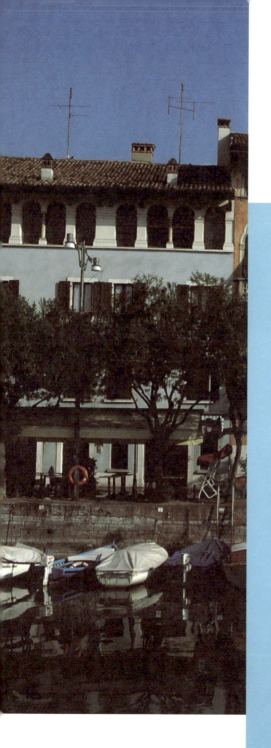

服装设计师的愿景：把女人搞怪，把男人搞穷。服装设计师的手段：用最新的面料与款式放大美丽、掩盖丑陋。服装设计师的理念：用最少的布料展示人体之美。

忙=心+亡。如果我们的生活里只剩下忙，说明我们的心已经开始死亡！所以，请大家静下心来，思考我们想要的到底是什么？别心亡，求心悦！

这年头，朋友之间因钱而伤了感情、恋人之间因感情而伤了钱财、新人之间因装修而断了关系、夫妻之间因短信而散了伙的，时有发生！

吃啥都不安全，吃亏最安全！

喝茶益于健康!汉字"茶"字的笔画已告诉我们:上部分"十","十","八"=28,下半部分为"十","八"=18,意思就是:喝了茶,今年28,明年18!

【脸长的标志何在】

去年掉了滴眼泪,今年还在脸蛋上挂着呢!话说脸长的人伤不起!

静听心灵细语,面对时代快速变迁,也许你眸子里会露出莫名的茫然;夜听雨打芭蕉,面对种种不尽如人意的现实,也许你忧虑时会生出低谷的迷茫;道听闹市喧哗,面对社会转型期的种种压力,也许你会在惊奇中透出一丝的恍惚;在这个竞争社会中,每个人都有可能受到太多的困惑袭扰和太多的困惑缠身!

不是忙到脚不沾地,而是忙到脚没空儿沾地;不是忙到手忙脚乱,而是忙到脚打后脑勺!

有的人聪明得像天气,多变;有的人傻得像天气预报,变天都看不出来;有的人精明得像猴子,猴精猴精;有的人天真得像孩子,说啥信啥!

勤锻炼加好习惯,让疾病一边去; 有自信加好心态,让烦恼一边去; 有勤奋加多智慧,让失败一边去; 有自立加多协作,让困惑一边去!

「第二辑 」
思想与观念

微言微语

金 （忠诚如金），木（感恩天地），水（谦逊如水），火（共赢真赢），土（一切释然）。上述情商五行之原理对爱情、友情、事业、人生均适用哦。

先见之明，是种四两拨千斤的灵气，是可遇而不可求的。这不是靠苦思冥想、辛苦和努力就能得来的。当先见与现有优势不一致时，转型是必然选择。虽然痛苦，但能重生，否则就是等死！

现今人们常埋怨幸福感在下降，其实是人们不断加高幸福标准的横杆！标杆适当降低后，你会发现：河有两岸，币有两面，生活其实也有很快乐的一面。自得其乐，知足常乐，才是安身立命之驿站和栖息地！

梅以曲为美，石以奇为贵！人生一系列的一半对一半，才真正体现其可贵与美好！

Life is like a roller coaster. It has its ups and downs. But it's your choice to scream or enjoy the ride. 生活就像过山车。一会儿冲上去，一会儿掉下来。但你可以选择惨叫连连，还是享受有幸搭乘。

你拥有学历，说明你曾经学习过；你拥有财力，说明你曾经打拼过；你拥有地位，说明你曾经努力过；你拥有知己，说明你曾经付出过；你拥有梦想，说明你还在年轻着。曾经拥有是故事，再次拥有是自豪，期待拥有是激情。

The first to apologize is the bravest. The first to forgive is the strongest. The first to forget is the happiest.

最先道歉的人最勇敢; 最先原谅的人最坚强; 最先释怀的人最幸福。The 1st=Best!

Vision without action is a daydream. Action without vision is a nightmare.

没有行动的愿景是个白日梦。没有愿景的行动是个噩梦。

信心乃道德之源; 信心乃公德之母; 信心之门内有无限宝藏; 信心如同拐杖给人以安全感; 信心可让万物茁壮成长。对人类, 对国家, 对亲朋, 对自己都要有信心! 有信心=不灰心=有希望!

如果人生追求分成十分, 我愿用其中三分追求理想目标, 三分追求现实目标, 三分追求自我完善目标, 剩下一分留给自己追求兴趣爱好目标。

【人生"13点"】

本份一点，实际一点，本色一点，客观一点，真实一点，自律一点，豁达一点，温馨一点，辩证一点，理智一点，坚强一点，潇洒一点，全面一点。

The most precious possession that ever comes to a man in this world is a woman's heart.

在这个世界上，男人最珍贵的财产就是一个女人的心。

美国管理学家蓝斯登说："在你往上爬的时候，一定要保持梯子的整洁，否则你下来时可能会滑倒。"这就是蓝斯登原则。人是一种往上爬的高级动物。君子爬高，攀登有道。社会像无形的巨梯，每个人都处于其某一级。踏着别人肩膀上，损人利己就是不洁。无论爬得多高，最后都要下来。不洁之人爬得越高，摔得越惨！

【经典分享：曾国藩语录】

1. 与多疑人共事，事必不成。与好利人共事，己必受累。

2. 无实学而有虚名，自知当有祸变。

3. 全副精神专注一事，终身必有成就。

4. 古今之庸人，皆以一"惰"字致败；古今之人才，皆以一"傲"字致败。

5. 不能不趁三十以前立志猛进也。

6. 观人四法：讲信用、无官气、有条理、少大话。

曾国藩为官为人之道古今贯通，值得今人学习借鉴！

No words are necessary between two loving hearts.
两颗相爱的心之间不需要言语。

Reading makes a full man; conference a ready man; and writing an exact man.
读书使人充实，讨论使人机敏，写作使人严谨。

People are always tolerant to strangers and picky to acquaintances.
——人们总是对陌生人很宽容，对熟悉和亲近的人很挑剔。人皆如此！因而，当亲近之人对自己挑剔时应心怀感激，平和对待！

读书时，不可先有己见；读书后，不可还无己见！

　　胡适言:"做学问要在不疑处有疑,待人要在有疑处无疑。"无论以小人之心度君子之腹,还是以君子之心度小人之腹,都不利于人际交往。先对他人保持一份静默、一份敬意、一份宽容,才有助于了解真相、理解他人。

　　醉过才知酒浓,爱过方知情重。你不能做我的诗,正如我不能做你的梦。

——胡适

Don't let loneliness drive you back into the arms of someone you know doesn't give a damn about you.

　　——不要因为寂寞,就回到那些压根不在乎你的人身边。

Dear past， stop tapping me on the shoulders. I don't want to look back.

亲爱的过去,请别再拍我的肩膀,我不想再回头。

人可以因梦想而忙碌,却不能因忙碌失去梦想。

给自己一个LV，不如给自己一个"LV"

——long vacation。

Fate determines who enters your life, your actions decide who stays.
——谁走进你的生命, 是由命运决定; 谁停留在你生命中, 却是由你自己决定。

人有两条路要走, 一条是必须走的, 一条是想走的, 你必须把必须走的路走漂亮, 才可以走想走的路。

李嘉诚语录: 您想过普通的生活, 就会遇到普通的挫折; 您想过上最好的生活, 就一定会遇上最强的伤害。这个世界很公平, 您想要最好, 就一定会给您最痛。能闯过去, 您就是赢家; 闯不过去, 那就乖乖地退回去做普通人吧! 所谓成功, 并不是看您有多聪明, 也不是要您出卖自己, 而是看您能否笑着渡过难关。

When the door of happiness closes, another opens, but often times we look so long at the closed door that we don't see the one which has been opened for us. 当一扇幸福之门关闭时，另一扇便会开启。可多数时候，我们却因为过久地凝望那扇紧闭的门，而忽略了为我们新敞开的那扇门。

别过久凝望紧闭之门，赶紧迈入新开之门！关闭的幸福代表过去，开启的幸福代表现在与未来！

Enjoy the little things in life, for one day you'll look back and realize they were the big things. 享受那些小事中的乐趣吧。因为有一天，当你回头望，会发现它们才是大事情。

Confidence in yourself is the first step on the road to success. ——自信是走向成功的第一步。

Lover with addition, subtraction resentment with, with the multiplication of gratitude and division with melancholy. 用加法爱人，用减法怨恨，用乘法感恩，用除法解忧。

Spring is the will and the stream is gradually to ward off the cold winter. 春天的意志和暖流正在逐渐地驱走寒冬。

If you want to fly，you have to give up the things that weigh you down——which is not always as obvious and easy as it sounds.

如果你想飞翔，那就扔掉那些阻碍你腾空的东西。这一点往往是听起来容易，做起来难。

My mind is clear. No matter what happens I will always walk towards you unwavering、unhurried and unhesitant.

我清楚地知道，无论发生什么，我永远会坚定地走向你，不迷惑，不慌张，不犹豫。

Life is like a curve，starting point and the destination are not optional，but countless opportunities are between starting point and destination.

人生好似一条曲线，起点和终点是无可选择的，而起点和终点之间充满着无数个选择的机会。

【8 句老人言】

1. 不要攀，不要比，不要自己气自己。

2. 活多干，话少说，群众心里有秤砣。

3. 少吃盐，多吃醋，少打麻将多散步。

4. 按时睡，按时起，跑步游泳健身体。

5. 夫妻爱，子女孝，家和比啥都重要。

6. 官再大，钱再多，阎王照样土里拖。

7. 行点善，积点德，心里常念弥勒佛。

8. 吃点亏，吃点苦，傻点笨点也是福。

不听老人言，吃亏在眼前！光听老人言，人生有点闲！

The answer to life's problems can be summed up in four words: "Go with the flow."

生活中所有问题的答案都能归为四个字："随遇而安"。

Work hard, have fun, and no drama.

努力工作，好好生活，以及别小题大做。

You can't change the past, but you can ruin the present by worrying about the future——你改变不了昨天，但如果你过于忧虑明天，将会毁了今天。

不为昨天劳神，不为明天伤神，要为今天而精神。

A pessimist sees the difficulty in every opportunity; an optimist sees the opportunity in every difficulty.

——悲观主义者从每个机遇中看到困难，乐观主义者从每个困难中看到机遇。

学会对冲，保持人生平和平衡平稳：顺境时为自己保留一点点悲观主义；逆境时为自己增多一些些乐观主义！

A star has 5 ends；A square has 4 ends；A triangle has 3 ends；A line has 2 ends；A life has one end.Our happiness has no end.

星星有五个终点，正方形有四个终点，三角形有三个终点，直线有两个终点，人生只有一个终点，而我们的幸福没有终点。

五四三二一，人生有终点；一二三四五，上山打老虎；破五一顺溜，幸福没终点！

She who has never loved，has never lived.

人活着总要爱一回。

Life is the flower for which love is the honey.

生命如花，爱情是蜜。

Don't take life too seriously. Life is a game，enjoy it.

——别把人生看得太严肃，人生是场游戏，尽情享受吧。

人生应像硬币的两面：正面代表追求事业，反面代表享受人生！因此，每天8小时全身心投入事业之外，别忘了人生还有另一面：潇洒人生！游戏人生！享受人生！

【做人的 12 个魅力法则】

1. 有知书达理的修养。

2. 有精深博大的学识。

3. 有宽以待人的胸襟。

4. 有严于律己的习惯。

5. 有与时俱进的意识。

6. 有海纳百川的雅量。

7. 有侠骨柔肠的心智。

8. 有果敢担当的气魄。

9. 有登高望远的视野。

10. 有朴实无华的作风。

11. 有百折不回的毅力。

12. 有高雅含蓄的风韵。

法则所致，魅力所在！重在践行，贵在坚持！

【 让你瞬间清醒的八个问题 】

1. 做人，为什么要过于执著？

2. 做人，干吗为难自己？

3. 做人，先要相信自己。

4. 做人，依靠自己!

5. 做人，量力而行。

6. 做人，记得反省自己。

7. 做人，何妨放手一搏。

8. 做人，要活在当下。

回归初宗，回归本我，回归自然，回归生活!

农夫和书生在辩论。农夫："生命在于运动。"书生："生命在于宁静。""宁静就是懒惰！""运动等于浮躁！""宁静是一潭死水！""运动是一阵黑风！"……他们吵得不可开交，都无法说服对方。——其实，生命既在于运动，也在于宁静。一朵悄悄开放的花，是一种美丽；一只匆匆飞过的鸟，也是一种美丽。

生命的美丽与价值在于：宁静与运动完美交替！

Everybody wants happiness. No one wants pain. But how can you make a rainbow without a little rain?

——所有人都想得到幸福，不愿承担痛苦，但是不下点小雨，哪来的彩虹？

【 烦恼是自找的 】

92%的烦恼完全没必要。心理学家做了个实验，试验者每周日晚把下一周的烦恼写下来，投入烦恼箱，3周后打开箱子。结果超过90%的烦恼都没发生。据统计，一般人的忧虑40%属于过去，50%属于未来，只有10%属于现在，而92%的忧虑从未发生过，剩下的8%则是能够轻易应付。

既然92%烦恼是自找的，那么也应该有92%的烦恼可以自消喽！

Every man dies，not every man really lives.

——每个人都会死去，但不是每个人都曾经真正活过。

来这个世界，本身就是个奇迹，反正最终都得死，那咱得真正活一把，争取活出个人模狗样来！

【鲁迅日记】

1.婚姻中最折磨人的，并非冲突，而是厌倦。

2.工作时不为钱分心，钱反而会来得更快。

3.肯以本色示人者，必有禅心和定力，所以，伪名儒不如真名妓。

4.面具戴太久，就会长到脸上，再想揭下来，除非伤筋动骨扒皮。

5.知识不是力量，智慧才是。

Don't worry too much about the ambiguous future，just make effort for explicit being present.

——不为模糊不清的未来过分担忧，只为清清楚楚的现在奋发图强。

Your smile determines how you see and think about the world around you.

——你的笑容决定了你怎样看待和面对你周围的世界。

If you obey all the rules，you miss all the fun.

——如果你遵守所有的规则，你会失去所有的乐趣。

　　未曾失恋的人，不懂爱情。未曾失意的人，不懂人生。未曾失落的人，不懂珍惜。未曾失利的人，不懂过程。未曾失望的人，不懂理想。未曾失礼的人，不懂尊重。未曾失和的人，不懂友谊。未曾失算的人，不懂息争。未曾失言的人，不懂谨慎。未曾失误的人，不懂为政。未曾转发的人，不懂分享。

　　有失才有得。有时失是最好的导师！从失中得到感语的人其实为得者。失而复得、失小得大、失少得多，必终得正绩，终成正果！

　　豁达，是一种天不言自高、地不言自厚的大智若愚。豁达的人，永远潇洒、坦荡、热情、开朗，不卑不亢。学会豁达，就要学会淡泊，甘于宁静，甘于平凡，不以物喜，不以己悲，不以位卑而自贱，不以平凡而伤痛，抛却急功近利之欲望，摒除胡思乱想之杂念，踏踏实实自自在在做事，诚诚恳恳坦坦荡荡为人。豁而达之！豁然而为，豁而为人，必达人，终达业！

　　人生就是不断选择的结果，没有人会事先知道结局。别人只会尊重你的选择，而不会承认你的牺牲。没有人为你的选择负责，不要怨天尤人，不要和别人一起感伤你的不幸，你需要做的，应当是冷静地面对目前的状况，用心并且负责地去解决你现在的问题。只要能对自己的现在负责，那么你的未来也一定会为你负责。

　　总背着过去的精神包袱，会让今天的阳光被阴云盖住；总挑着对未来负责的担子，今天的路何以轻松快乐！走好今天之路，是告别昨日、拥抱明天的必由之路与最佳选择！

　　人生就是一辆车——终点不是目标,过程才是人生价值所在。

　　舍得笑,得到的是友谊;舍得宽容,得到的是大气;舍得诚实,得到的是朋友;舍得面子,得到的是实在;舍得酒色,得到的是健康;舍得虚名,得到的是逍遥;舍得施舍,得到的是美名;舍得红尘,得到的是天尊。舍得小,就有可能得大;舍得近,就有可能得到远。

　　舍得越多,得到越多! 原来舍与得成正比。

　　人到万难须放胆,人遇两可要平心,人处顺境需自律,人遭逆境当自强!

【 世间情话 】

1. 世上最难断的是感情；

2. 世上最难求的是爱情；

3. 世上最难还的是人情；

4. 世上最难得的是友情；

5. 世上最难忘的是亲情；

6. 世上最难找的是真情；

7. 世上最难受的是无情；

8. 世上最难猜的是心情；

9. 世上最难报的是恩情；

10. 世上最痛苦的是自作多情；

11. 世上最可爱的是微笑的表情。

知难而进，知难而行，知难而为！

　　生活中只有 5% 的比较精彩，也只有 5% 的比较痛苦，另外的 90% 都是在平淡中度过。而人都是被这 5% 的精彩勾引着，忍受着 5% 的痛苦，生活在这 90% 的平淡之中。

——白岩松

　　积极放大平淡中的精彩，尽量缩减平淡中的痛苦！

——海上常远

　　一些事情，当我们年轻的时候，无法懂得。当我们懂得的时候，已不再年轻。世上有些东西可以弥补，有些东西永无弥补。

——毕淑敏《柔和》

　　好听的话容易打动人，好心的话容易得罪人；有财富的人追求优越生活，有智慧的人追求优质生活。

　　别以为世界很强悍，只要你不懈地去改变，总会在阴霾密布的地方打开一个缺口；别埋怨社会很冷漠，只要你长期微笑地面对，总能收获一缕人际的暖阳。如果你撬动不了他人，那就重新来塑造自己，在干瘪的行囊里装上智慧、自信、奋斗、坚韧，咬牙走下去，哪怕只向前挪动一小步，亦有很多人被你甩在身后。

　　方向比速度重要，坚持比能力重要，行动比理论重要。践行"三个更重要"，方向！坚持！行动！

　　每天晚上疲劳的睡在床上时，才感觉真真切切地过了一天。人生最重要的不仅是努力，还有方向。压力不是有人比你努力，而是比你牛叉几倍的人依然比你努力。即使看不到未来，即使看不到希望，也依然相信，自己错不了，自己选的人生错不了。第二天叫醒我的不是闹钟，其实，还是梦想！

　　积极与阳光心态能消除一天疲惫！

　　The greatest measure of success in life isn't how much money you make. It's whether or not you're able to lead the life you want to live.

　　——生活中，衡量成功与否的最好标准并不是你挣了多少钱，而是你是否能过上你想过的生活。

　　过想过的日子，成想成的事业！

　　厚德载物，厚德载运，厚德载福，厚德载寿。

　　积极的人，像太阳，照到哪里哪里亮；消极的人，像月亮，初一十五不一样。

只有美的灵魂，没有好的体质的人，属于人之次品；只有好的体质，没有美的灵魂，是人之废品；既有好的体质，又有美的灵魂的，是人之正品；既有好的体质、美的灵魂，又有强的能力，是人之上品；既有好的体质，美的灵魂、强的能力，还有好的人缘、高的智慧的，是人之精品！

怕什么路途遥远。走一步有一步的风景，进一步有一步的欢喜。一路艰辛，一路曲折，一路风景，一路欢欣！

人生的七味心药："善，乐善好施；心宽，宽大为怀；心正，正大光明；心静，静心如水；心怡，怡然自得；心安，安常处顺；心诚，诚心诚意。"懂得这些，我们才能医治自己的"病"，让自己精神焕发、光彩照人。

心药治心病，心康加心宁！

一定要保持乐观情绪。幸福是一种具体的主观感觉，与金钱地位无多大关系，有钱有权不一定幸福，无钱无权不一定很痛苦，关键取决于自己的认知水平，任何事情都是双刃剑，你要把握好对你有利的一面，不能只看阴暗面，要对未来充满希望和信心，要幸福的感受今天，乐观的向往明天。

金钱关乎生存与发展，幸福依托健康与快乐！

You got a dream, You gotta protect it. People can't do somethin'
themselves, they wanna tell you you can't do it.If you want somethin', go
get it. Period.

　　——有梦想，就要捍卫它。人们和你说不可能，只是因为他们自己办不到。
想追求什么，就去努力吧，就这样。

　　捍卫梦想，努力前行!

　　在这个横冲直撞的世界，我们需要拥有强悍无比的内心。

　　内心强大，才是真正强大！我们所处的竞争社会，毕竟不是能靠肌肉取得竞争优势的时代，而是靠头脑聪慧，内心强大！

【 改变命运的八个关键词 】

1. 忍耐：不是胆怯懦弱。

2. 放弃：除了生命，没有什么不能割舍。

3. 压力：想开了就是天堂。

4. 豁达：生命本身就是幸福。

5. 执著：在枯叶凋零的时候等待春天。

6. 放纵：驾驭自己是一生的功课。

7. 感恩：懂得回报是可贵的品格。

8. 释怀：将心事交给清风。

熟记之，运用之，践行之，命运尽在自我掌控之中！

　　从今天起，要做一个简单的人，踏实而务实。不沉溺幻想，不庸人自扰。要快乐，要开朗，要坚韧，要温暖，对人要真诚。要诚恳，要坦然，要慷慨，要宽容，要有平常心。永远对生活充满希望，对于困境与磨难，微笑面对。多看书，看好书。少吃点，吃好的。要有梦想，即使遥远。

　　要快乐！要有梦想！更要踏实前行！

　　树是人生的最好写照。树的一生，愈求升到高处和光明，它的根愈挣扎向下，向地里，向黑暗，向深处。树的高度长给人看，也为自己争求光明，那是它的幸福。而它的痛苦随着高度滋长，却深深埋在地下。人生的高度为实现自己的价值，人们看到你的价值的同时，你得埋葬伴随而来的痛苦。人生，成功与痛苦并行。

　　把痛苦深埋地下，把高度伸向光明！

生气不如争气。愚蠢的人只会生气，聪明的人懂得去争取。人生中，处处皆有"气"，事事都有"气"。没有"气"的人生，那不是生活，是幻想中的"乌托邦"。人生不如意之事十有八九，学着莫生气，就是人生的另一个境界。生气，伤身又伤心，伤人又伤己。学着不生气、少生气，是一种成熟，也是一种智慧。

千里之行，始于足下！生气不如争气！蒸气不如蒸馒头！蒸完馒头去争取！去行动！

不要等到想要优雅时，才露出微笑；不要等到孤单时，才想起朋友；不要等到有了好的职位，才去努力工作；不要等到失败时，才记起他人的忠告；不要等到生病时，才意识到生命的脆弱；不要等到要分手时才后悔没有珍惜感情；不要等到有人赞赏时，才相信自己；不要等到有人指出，才知道自己错了。

在游泳中学习游泳，在工作中学会工作，在生活中学会生活。

如果一个人充满了快乐、正面的思想，那么好的人、事、物都会和他共鸣，并且被他吸引过来；同样的，如果一个人总是带着悲观的、愤世嫉俗的思想频率，那么，难怪这个人常会有倒霉的事发生在他身上。——张德芬《遇见未知的自己》

运由心生，福自心来。

　　和阳光的人在一起，心里就不会晦暗；和快乐的人在一起，嘴角就常带微笑；和进取的人在一起，行动就不会落后； 和大方的人在一起，处事就不小气； 和睿智的人在一起，遇事就不迷茫；和聪明的人在一起，做事就变机敏。借人之智，完善自己。学最好的别人，做最好的自己。

　　借人之智，完善自我；好人为伍，提高自己；借人之力，成就佳绩！

　　用加法爱人，用减法怨恨，用乘法感恩，用除法解忧。

　　加减乘除！爱恨恩忧！人生不过如此！用好四则运算，放大爱与恩，削弱恨与忧，何愁不快乐！何愁不星湖！

　　除了老弱病残，生活中的弱者往往是由懒汉变成的！不少病残者自强不息，成为真正强者。作为身体健全者，怎能自甘弱者呢？！变懒为勤，变等为进，变靠为干，一切将有所改变！

【 几句很实在的话送给自己 】

1. 收敛自己脾气，偶尔要刻意沉默，因为冲动会做下让自己无法挽回的事情。

2. 偶尔也要现实和虚伪一点，因为不那样做的话，很难混。

3. 无论什么时候，做什么事情，要思考。

4. 现在很痛苦，等过阵子回头看看，会发现其实那都不算事。

5. 无论是谁，都有自己的限度。特别是信任。

听实在话，说实在话，做实在人，干实在事！

【**什么最重要?**】

1. 思路清晰远比卖力苦干重要;

2. 心态正确远比现实表现重要;

3. 选对方向远比努力做事重要;

4. 做对的事情远比把事情做对重要;

5. 拥有远见比拥有资产重要;

6. 拥有能力比拥有知识重要;

7. 拥有人才比拥有机器重要;

8. 拥有健康比拥有金钱重要!

看清楚、想明白、做到位!

【 微笑是最好的化妆品 】

1. 微笑使我们有吸引力；

2. 微笑改变我们的心情；

3. 微笑会传染；

4. 微笑可以减压；

5. 微笑增强免疫力；

6. 微笑降低血压；

7. 微笑促进内啡肽、自然镇痛杀伤物质和 5- 羟色胺的释放；

8. 微笑可以美容，让你看起来更年轻；

9. 微笑让你看上去是成功的；

10. 微笑让你保持积极。

你今天微笑了吗？再忙再累再苦再烦，也不要忘记每天笑笑！当然，皮笑肉不笑、苦笑假笑不行，一定要发自内心地笑！

【 当你低落时，请看看这些话 】

1.只要还有明天，今天就永远是起跑线。

2.火把倒下，火焰依然向上。

3.我们都是虫，可我是萤火虫。

4.旁若无人走自己的路，不是撞到别人，就是被别人撞到。

5.只要比竞争对手活得长，你就赢了。

6.当你再也没有什么可以失去的时候，就是你开始得到的时候。

每个人的情绪都会像潮水般潮涨潮落！情绪低潮既然是难免的，但却是可自我调控的。

人生就像是一场戏，自拍自导自演，多希望有多一点点时间，把里面的杂碎全部忘却，只留下那美好的每个瞬间。其实我们的生活最好的幸福就是平淡，每个人都有自己的烦恼，所以我们该从容地面对！这才是属于我们自己的生活本色！

人生是自编自导自演的，保持生活本色的生命之戏！

To see a world in a grain of sand.And a heaven in a wild flower.Hold infinity in the palm of your hand. And eternity in an hour.

——从一粒沙子看到一个世界，从一朵野花看到一个天堂，把握在你手心里的就是无限，永恒也就消融于一个时辰。

心胸开阔者，眼界宽广者，可以小中见大，瞬见永恒！

有时候阳光很好，有时候阳光很暗，这就是生活。

还有时阴天，有时刮风，有时下雨……能自我调控的是心态、心境、心绪、心情。

人生有四苦：一是看不透。看不透人际中的纠结、争斗后的隐伤，看不透喧嚣中的平淡、繁华后的宁静。二是舍不得。舍不得曾经的精彩、不逮的岁月，舍不得居高时的虚荣、得意处的掌声。三是输不起。输不起一段情感之失，输不起一截人生之败。四是放不下。放不下已经走远的人与事，放不下早已尘封的是与非。

苦海无边，回头是岸；摒弃四不，幸福无限！

能成大事业的人，都善于舒散心情，他们多半有着豁达的胸怀和开朗的性格，能够在繁忙激动之后，放松自己，享受宁静，静观外界的发展，筹算未来的进度，并恢复元气和冲力。

——刘墉

大气者成大器，大器者成大业！

家有一老，胜有一宝。孝敬老人，就是供奉神佛。
百善孝为先，侍奉老人是天经地义的事！

Sometimes，you are not happy if you see through everything，It's better to be naive and inattentive.

——很多时候，看得太透反而不快乐，不如幼稚的没心没肺。

太过聪明、太过敏感、太过计较、太过认真、太过执著的人，幸福无望！快乐无期！把这类人放在蜜中，也不会感受到甜蜜的！快快觉醒、觉悟，马上调整调节哦。

【人生，稍不小心，一切归零！】

　　有计划－没行动＝零，有机会－没抓住＝零，有落实－没完成＝零；有价值－没体现＝零，有进步－没耐心＝零，有任务－没沟通＝零；有能力－没发挥＝零，有创造－没推销＝零，有知识－没应用＝零；有目标－没胆量＝零，有付出－没效益＝零，有原则－没坚持＝零；有意志－没持久＝零。

　　说明执行力之极端重要性。

Things will come to you as it is planned for you. The firmer you grip, the easier you lose. We've tried and cherished, we have a clear conscience. Let the fate take care of the rest. 是你的，就是你的。越是紧握，越容易失去。我们努力了，珍惜了，问心无愧。其他的，交给命运。

谋事在人，成事在运！运非天命，运为规律！尊重客观，发挥主观，顺势而行！

茅于轼有句名言：爱他就给他自由。同样也可以说：爱文化就请给文化自由。重视与否并不重要，重要的是放手。你有多放手，就能飞多高。文化关乎心灵，而心灵的高远几乎没有极限，自由飞翔的空间，本来未可限量。

世界是最好的学校，实践是最好的老师，生活是最好的课堂，工作是最好的舞台，挫折是最好的磨练，益友是最好的学友，同事是最好的战友！

艺术的社会存在似应有"三个三分之一"的黄金分割：三分之一的艺术追求纯艺术属性，应由艺术专家说了算；三分之一的艺术追求社会主流价值观，应由大众主体说了算；三分之一的艺术追求社会草根新奇特取向，应由社会少众个体自由选择！还是毛主席说的好：百花齐放，推陈出新！

现实中，我们用真名说假话。网络中，我们用假名说真话。真名说假话，假名说真话……赞！真真假假真亦假，假假真真假亦真！真话假话，真心就好！说善良假话，讲率真真话！

养生秘笈可归到一个字："玩"！人之初，性本玩；活到老，玩到老；玩字有学问。玩出文化、玩出技术、玩出艺术。玩中让五官四肢勤，玩出聪明德行，玩出君子坦荡荡，玩出研而究之，玩出创新与兴趣，玩到孜孜不倦、坚韧不拔，玩出喜乐快活。寿自"玩"中来！

自我评估一下你的"四度"：时间自由度，空间自由度，财务自由度，心灵自由度。你会发现：有钱、有地位的前两项低，后两项高；没钱、没地位的，前两项高。社会中间层四项都不高！其实中产阶层最累，劳碌不堪，四度受限！

女人啊，小时候有爸爸疼，长大了有老公疼，老了有儿子疼。男人啊，小时候听妈妈的话，长大了听老婆的话，老了听女儿的话……女人一生有人疼，男人一生听人话！

【 **常用谚语** 】

1.let's go Dutch 我们各付各的吧；

2.speak of the devil 说曹操，曹操就到；

3.keep in touch 保持联络；

4.don't turn me down 不要拒绝我。

今晚与荷兰朋友交谈，我说荷兰人被称为"欧洲上海人"。据说：一、荷兰人很有经营头脑；二、荷兰人吃饭喜欢各付各！Let's go Dutch

【 **三类女人** 】

有两种女人很可爱，一种很会照顾人，会把男人照顾得非常周到。和这样的女人在一起，会感觉到强烈的被爱。还有一种很胆小，很害羞，非常依赖男人，和这样的女人在一起，会激发男人个性的显现。另外一种女人既不知道关心体贴人，又从不向男人低头示弱，这样的女人最让男人无可奈何。—— 张爱玲

做第一类女人：辛苦 + 幸福；做第二类女人：轻松 + 幸福；做第三类女人：辛苦 + 命苦！

性是肉体生活，遵循快乐原则。爱情是精神生活，遵循理想原则。婚姻是社会生活，遵循现实原则。这是三个完全不同的东西，婚姻的困难在于，如何在同一个异性身上把三者统一起来。——周国平《婚姻与爱情》

这年头"三合一"越来越少，"二合一"多见，"三分离"不少！

If you wait to do everything until you're sure it's right, you'll probably never do much of anything.

——如果你等到每件事都确定是对的才去做, 那你也许永远都成不了什么事。

现代都市人头疼的十件事: 1. 有工作, 没生活; 2. 有爱人, 没爱情; 3. 有微博, 没粉丝; 4. 有住所, 没住房; 5. 有存折, 没存款; 6. 有名片, 没名气; 7. 有加班, 没加薪; 8. 有职业, 没事业: 9. 有娱乐, 没快乐; 10.有朋友, 没挚友。

有, 或木有, 知足就好; 有, 或木有, 笑笑就好; 有, 或木有, 放下就好! 忙是为了追求幸福, 但最后却发现, 木了幸福, 只剩下了忙。

【这么多商？你"商"得起吗】

1.智商(IQ)。2.情商(EQ)。3.逆商（AQ）。4.德商（MQ）。5.胆商（DQ）。6.财商（FQ）。7.心商（MQ）。8.志商（WQ）。9.灵商（SQ）。10.健商（HQ）。

这么多商，就商不起了！伤了。

【成功需要"十商"】

1. 德商: 品格比才能更重要。

2. 智商: 学习比天生重要。

3. 情商: 管理好情绪为你赢得人际关系。

4. 逆商: 逆境不会长久, 胜利属于强者。

5. 胆商: 该出手时就出手。

6. 财商: 理财的本领。

7. 心商: 心态决定命运。

8. 志商: 小志小成, 大志大成。

9. 灵商: 成功没有定式, 关键靠悟。

10. 健商: 身体是本钱。

"十商"齐聚, 才十全十美! 崇尚"十商", 成就成功人生不在话下。

【健康养生六要诀】

1.脚底为第二心脏, 常搓涌泉益健康;

2.朝暮叩齿三百多, 七老八十牙不落;

3.随手揉腹一百遍, 通和气血裨神元;

4.头为精明之府, 日梳五百把病除;

5.日咽唾液三百口, 保你活到九十九;

6.人之肾气通于耳, 扯拉搓揉健身体。祝大家幸福安康。

容易做, 难于坚持! 人忙起来像上了发条, 身不由己。工作场合也不容许自己在众目之下手脚不停!

【 其实你浑身都是奢侈品 】

在合法人体器官市场，眼角膜是24400美元一只；心脏价值997700美元；肝脏价格为557100美元；肾，中国62000美元，美国262900美元。假如你没病没痛脏腑无损，就已经是个百万富翁了。所以大家要注意身体，多运动，健康才是无价的！！！

心肝才是宝贝，健康真无价，生命最珍贵!

每天喝水正确时间请牢记第一杯水：6：30（排毒又养颜）；第二杯水：8：30（体贴又健康）；第三杯水：11：00（解乏又放松）；第四杯水：12：50（减负又减肥）；第五杯水：15：00（提神又醒脑）；第六杯水：17：30（消化又吸收）；第七杯水：22：00（解毒，排泄，消化，增进血液循环）。一天七杯水，养颜加保健。

【 十个最坏喝水习惯 】

1.自来水一烧开就喝。

2.饮水机从不洗。

3.爱喝瓶装水。

4.喝千滚水。

5.不渴不喝水。

6.每天喝不够6杯水。

7.不按体质喝水，饮料代水。

8.晨起不喝水，到老都后悔。

9.吃咸了不马上补水。

10.睡前不喝水。水乃生命之源，喝好水坏水，喝多喝少，关乎健康寿命。

【 晚上生物钟规律 】

1. 晚 9-11 点为免疫系统排毒，应静听音乐。

2. 晚 11- 凌晨 1 点，肝排毒，需在熟睡中进行。

3. 半夜至凌晨 4 点为脊椎造血时段，不宜熬夜。

4. 凌晨 1-3 点，胆排毒。

5. 凌晨 3-5 点，肺排毒。

6. 凌晨 5-7 点，大肠排毒应排便。

7. 凌晨 7-9 点，小肠吸收营养时段，应早餐。敬畏生物钟，服从生命规律，该吃时吃，该喝时喝，该睡时睡！

【 十个值得推崇的好习惯 】

1. 没病也要定期体检；

2. 不渴也要多喝开水；

3. 遇事烦恼也要想通；

4. 没有喜事也要快乐；

5. 有理也要让人三分；

6. 有权也要低调做人；

7. 不觉疲劳也要休息；

8. 生活不富也要知足；

9. 再忙也要重视锻炼；

10. 没事也经常问候。好习惯让你受益多多。

老人健康 8 字方针：清晰，通畅，不高，不大！即：头脑清晰，呼吸及两便通畅，血压血脂血糖不高，心肝脾前列腺不大！这几条很要紧，字不多，做到很不易！

【 会发胖的特点，你有哪几个？ 】

1. 懒；2. 缺乏运动；3. 父母遗传的；4. 嘴馋、胃口好；5. 拒绝不了甜品；6. 爱睡觉；7. 吃饭不规律；8. 吃得太饱⋯⋯管不住自己的嘴，岂能管人管事管天下！事实证明：对当今之人，疾病是吃出来的，健康是走出来的，烦恼是想出来的，业绩是干出来的！

【 好心情靠培养 】

1. 不埋怨他人；2. 积极看事物；3. 累时烦时多睡觉；4. 学会常微笑；5. 户外活动或运动；6. 唱歌或听音乐；7. 多吃鱼，坚果及果蔬；8. 适度减肥；9. 减少加班；10. 补充维生素 D；11. 不借酒浇愁；12. 别太主观；13. 交乐观朋友；14. 学会欣赏他人；15. 赶紧戒烟；16. 保持好人缘；17. 烦时不议事，定事；18. 常与益友聚会。

墨镜，人们爱戴你，尤其在夏季，特别是司机，街头到处可见你踪迹。有人说，你遮住了人们心灵的窗口，是鼻尖上扮酷的摆设。我要说，墨镜是眼睛和心灵的保护神。透过那墨镜，射入眼中的景物增添几分温情，万般景色更加水灵，喧嚣的红尘仿佛变得平静，让我们浮躁的心得以安宁。墨镜，护眼，养心灵。

应提倡戴墨镜，以防止老年视网膜脱落。尤其是盛夏季节。

【 健康"四有" 】

1. 有良好的精神寄托；2. 有正常的生活规律；3. 有适当的劳动运动；4. 有合理的饮食习惯。

【身体健康是硬件好，心态健康是软件好】

　　人的健康与强大，内在的健康与强大更为重要！内在世界是关键性因素。人生之成功与辉煌，身体健康是前提与基础，是必要条件；心态健康则是关键与根本，是充分条件！

【人生新座标】

　　1.学做聪明人：会玩、常乐、豁达、幽默；2.不做呆傻人：别急、不气、不郁闷、少加班；3.要做健康人：多走、多动、常锻炼、常休闲；4.做最快乐人：交友、说笑、常联系、常围脖。

【人生六宜】

　　1.宜静：少喧嚣、多倾听；2.宜缓：做事稳、做人实；3.宜忍：大智慧，不泄愤；4.宜让：退一步，天地宽；5.宜淡：能看淡，过云烟；6.宜平：讲平和，求平衡。

「第三辑」
职场与管理

微言微语

【人格不分等，人才可分层】

单位不分大小，其人才大致可划分为三个层级：地表人才（基层人才），地壳人才（中层人才），地核人才（高层）。这三个层级人才的核心能力指向为：地表人才看态度与执行力；地壳人才看能力与协调力；地核人才看风格与决策力。你对号入座了吗？想提升层级先提升能力结构，并创造和把握机遇。能力是 Promotion 之前提与基础，机遇则是充分条件，前两者是因，Promotion 则是果。

【要管好人用好人，先要学习容人艺术】

要有容人之量，容人之长，容人之短，容人个性，容人之过，容人之功，容己之仇！

俗话说得好：将军额上能跑马，宰相肚里能撑船。拥有"沧海不择细流"，"有容乃大"的胸怀在职场决定你的人际和工作关系，在生活中影响你的心情心态心境与快乐幸福感！

底线：用制度管理约束和规范人；上线：用行为科学激励和调动人；在底线与上线之间：用组织创新与目标管理凝聚团队与人！

【职场境界】

忙碌之中木有说错话；乱局之中木有看错人；复杂环境木有走错路。

【交友境界】

常常与高人交往；闲时与雅士相会；乐时与挚友相聚。

【志在高山行在微】

不积跬步无以至千里，不积小流无以成江海。细节决定成败，小事成就大事。既做好小事，又干好大事，此乃科学之举、创业之道、建功之基也！

【由穿越剧流行想到……】

同样是穿越剧，美国都是往前穿，中国都是往后穿。一个想不出历史，一个想不出未来。

应该拍一部穿越历史、现代与未来的大作！缺好剧本！文化大繁荣大发展要关注文化创作源头！文化中下游靠市场动力可解决投入，对上游政府要多扶持：要扶持优秀文化人与文化作品！特别是原创！没有源头创新，中下游文化产业链就成无源之水，无本之木！

【营造宜居宜商宜业氛围，提升精品精细环境品质】

标志何在？天蓝；地绿；街净；路畅； 水清；城美；业兴；人和。

【微博有感】

1.各类传媒在互联网和手机上实现深度结合整合融合；2.推动生活形态由单一化向多元化转变；3.使大多数人利用好碎片时间同时，让少数人时间碎片化甚至成为微控；4.智能与智慧广告，精准广告大量面市；5.通过社交网在真实社交关系上使口碑与电子诚信征询在商业商贸商务和金融服务业上广泛应用；6.社交网和微博的公开评价及传播力，使品牌主动权由广大消费者掌握，步入消费者主权时代；7.互动升级，真实精准消费信息成为传播核心竞争力；8.信息泛滥使在微博之上构建精准推送型媒体成为主攻方向，其品牌影响力和销售转化力将成主宰！

【网购族追求的是乐价比】

网购族有多少为功能而购？多少为快感而购？时下人们单纯为追求商品性价比而选择网购的越来越少，更多倾向于追求"乐价比"而疯狂网购！"乐价比"正当道！ "乐价比"：花钱买体验，花钱为内心换来满足感与快乐！体验型消费会比物质型消息更兴旺！因为快乐是种能力，也是种智慧！

【领导力】

　　1.思维力——思路决定出路；2.战略力——格局决定结局；3.革新力——创新造就优势；4：决策力——决策决定结果；5.协调力——行动决定效果；6.愿景力——蓝图凝聚人心；7.团队力——氛围决定合力。

　　人从娘肚子里出来都是哇哇大哭，都是一把屎一把尿，为什么人生差别那么大呢?不能全怪遗传基因吧?!其实成功之人皆有"人生管理"实践！"人生管理"最简单有效的方法是：选择好活法，如"反着活"!因为"人生最大悲剧莫过于顿悟之时已到无力做事之际"!"反着活"需要气概勇气和决心。要努力从今天起为自己的未来而活!到无力做事时，给自己一个不留遗憾的喜剧人生!

【 成功人生之轨迹："四个如此" 】

1."理应如此"：30岁之前是"立业"阶段，在"做人做事"的理上下工夫，下工夫学，扎实做，可获得一生成功之本钱。

2."并非如此"：30—60岁，反思发现，原来很多想当然的，都仅仅是成功之手段，而不等于成功。融入社会，立足社会，贡献社会中才能成就自我，才标志成功。于是豁然开朗!

3. "并非如此"阶段，要"以吾为主，逆向思维"，为人处事，正反考虑，重在立德，领悟成功，趋于成熟，达到"原来如此"境界!

4. 步入人生辉煌的中年后期后，才恍然大悟："原来如此"! 60岁以后，人生后30年步入"不过如此"阶段。

【 领导者的"五个把握" 】

1.把握方向；2.把握规律；3.把握重点；4.把握平衡；5.把握适度。

违心做事不好，违背领导意图不好，但最不能违背的是规律!主观超越客观=违背规律；唯上不唯实=违背规律；不讲实际而盲目瞎干=违背规律；急功近利而急于求成=违背规律!

领导者不注意平衡关系，就会"后院起火"。平衡关系要做到：批评人不整治人；得罪人不嫉恨人；团结人不拉帮人；亲近人不结派人。

"占领华尔街"的象征意义何在？点燃一根火柴令干柴熊熊燃烧!忽然，美国民众有了种戏剧性、公开性途径讨论美国金钱政治，收入不平等，企业贪婪等各种令美国人民愤怒之事。

【 成功者应具备五大精神特质 】

1.梦想; 2.行动; 3.专注; 4.创新; 5.坚韧。

小平同志开启了中国改革开放之门后，让中国走上了市场经济不归之路。于是商品从短缺变成过剩，大锅饭变成市场竞争，部分人实现先富。时至今日，以现种种不是也否定不了改革开放之路，所有负面也不应归于此路!回老路绝无可能，唯深化改革开放才有出路! 用进一步改革开放方能解决改革开放中面临的问题!

在如今先富起来的人算不算英雄？仅让自己和家族得到幸福的人不是真心英雄，让公众得到幸福的人，才是真心英雄! 正所谓: 从无到有，满足小我，是小快乐; 从有到无，回馈社会，是大快乐! 大舍大得是企业经营的境界，也是企业家人生的境界。君子爱财，取之有道。得之合义，是境界，舍之为公，是更高境界! 得之后，若能如同江河一样再次舍去，投身社会公益慈善事业，则舍而复得的是: 人生之流畅与通达!

【企业家生涯之辩证法】

只有为社会创造效益的企业才能发展壮大；只有为大众创造福祉的企业家才能获得人生成就！大得要大舍，大舍有大得！如此循环不已，才会生生不息！这，就是成功企业家生涯的辩证法。

你所看到或悟到的社会潜规则是什么？有哪些？

银行理财篇。为提高业绩，多得奖金，劝客户将未到期理财资金提前退出再重新买新的一期服务，客户利息不减，收益增加哦！如此好事谁会拒绝？银行业务员与客户双赢而银行呢？！

医院病床篇。养老业滞后，现有敬老院医疗配套不到位，造成大量老年病人住进医院愈期不出。为不影响上级卫生主管部门考核，于是病人与院方配合，到期即办出院并再办入院！于是乎：虚假出院蔚然成风！

从生到死！从妇幼院，到基础教育，到高考，到就业，到结婚婚礼，直到生老病死，火葬场殡葬业……天哪！潜规则无孔不入，无处不在！

【世界第一背后的忧虑】

2012年，中国粗钢产量占世界总量的44%，水泥占60%，电解铝占65%，精炼铜占24%，煤炭占45%，化纤占42%；玻璃占50%，彩电占50%、冰箱占65%。但仔细看看，垄断的都给国家赚了，好赚的都给外资赚了，留下难啃骨头就给了民企。粗制滥造的结果是：环境污染了，资源挖光了，世界第一了！

所有制结构缺少制度性设计，反垄断法制不健全，国有企业准入行业太宽太粗太广泛！产业细分欠缺。资源分配与再分配不合理，不够公平公正公开！

不了解社会潜规则吃亏，不在乎社会潜规则犯傻！知社会潜规则减亏防害，按社会潜规则为人处事。被社会潜规则包围苦不堪言，让社会潜规则同化令人可悲！垄断是社会潜规则之伴侣；社会不公平，不公正和不公开则是潜规则滋生蔓延之乐土。阳光与正义，公开透明是社会潜规则之"敌杀死"！

【领导者之素质结构】

1.第一原则——实事求是；2.第一思维——善破常规；3.第一艺术——平衡关系；4.第一方法——强化激励；5.第一本领——识才用才；6.第一捷径——舍得付出；7.第一本钱——健康体魄。

政府社会管理职能（1）+社会组织社会服务功能（2）=社会建设与管理之主体！（1）和（2）之间不是替代与取代关系，而是互补互动关系，是（1）退（2）进的关系。前者没适当退，后者难于发育健全；后者没发育好前者退得过快则会出现管理服务真空！

如果把政府比作家长，企业比作子女，科技进步比作升学的话，家长希望子女成才和升学天经地义，无可厚非！但问题是家长不代替孩子升学！"高考模式"中家长与子女的奇异关系与政府和企业在科技进步中的关系惊人相似！既然家长不能替代孩子升学成才，政府也无法替代企业科技进步的主体地位！

【 我国社会观念发生深刻变化 】

1.不同社会阶层与利益群体的价值观念不同；2.利益诉求，利益表达和利益维护方式不同；3.国民受各种思想观念影响的渠道明显增多，程度明显增强；4.公民思想活动的独立性，选择性，多变性和差异性明显增强；5.社会参与意识和维权意识不断提升。

我国经济社会总体壮况面临，1."两转"：体制转轨，社会转型；2."四变"：经济体制深刻变革，社会结构深刻变动，利益格局深刻调整，思想观念深刻变化。

【 政府部门亟待改变社会管理传统理念 】

1.重经济轻社会；2.重民生建设轻社会管理；3.重政府投入轻社会参与；4.重强势群体发展轻弱势群体维权；5.重矛盾管控轻服务疏导；6.重当前解困轻整体长远发展；7.重财政投入轻公共政策。

【社会管理传统模式】

　　1. 以政府为单一主体；2. 以单位管理为主要载体；3. 以行政办法为主要手段；4. 以管控为主要目的。

【创新模式】

　　1. 政府行政管理与社会自我调节，居民自治管理良性互动；2. 社区管理与单位管理有机结合；3. 管理与服务融合；4. 法律，行政，道德，经济，习俗，宗教，艺术，舆论等多种手段综合运用，有序与活力统一；5. 多元治理，共建共享，和谐文明的管理体制。

　　点子再好，没有执行力＝空点子；点子一般，很有执行力＝不一般！

社会管理力求"八个到位"：1.法律法规与执法到位；2.政府与社会组织职能到位；3.公民道德建设到位；4.民间资源挖掘整合到位；5.群众利益诉求，矛盾调处，权益保护等机制到位；6.虚拟管理与服务到位；7.应急管理到位；8.结构合理，素质优良的社工人才队伍到位。

执行力包括：（1）战略执行力（2）策略执行力（3）实施执行力（或行动执行力）。第一阶段，主要把握方向方针，不纠缠过多细节；第二阶段把握方向与重点，第三阶段细节决定成败、执行力源于部队。战争中牺牲局部保大局很常见！基层官兵不了解上级意图而拒不执行，要受军事处罚，造成全局重大损失则提交军事法庭。

关注弱势群体关注那些生活困难，能力不足而被社会边缘化的散落人。如何正确区分弱势心理与弱势群体之差异？

关注弱势心理状态 当人处于无力，无助，凶险莫测状态时，很容易被激发"弱势"的感觉．如今我国社会呈现"弱势"心态蔓延状态……

【 我国当今社会弱势心态呈现三大特征 】

1. 与体制变革，城市规划，大型工程项目等骤变伴生的不适应感而导致的弱势化。

2. 与经济社会转型伴生的巨大反差而造成的弱势化感觉。

3. 公众普遍呈现弱势心态，有普及化和泛化趋势。

　　为何社会精英也加入"弱势群体"？收入差距，生活重压，公平感，保障感缺失等成为"弱势心态"蔓延的催化剂！

　　当今"弱势心态"蔓延，并不意味社会没进步没发展，而是社会情绪的公开表达，是公民对社会公平正义的呼唤！关键在于如何处理好公平与效率，局部与整体，少数与多数，当前与长远的动态关系！

　　另一类为"制度障碍型弱势化"，即"非竞争型弱势化"。这种弱势化不是在合理竞争中发生的，需通过完善制度，调整政策，优化管理与服务来逐步解决。

　　对"在合法竞争中发生的弱势化"，如企业破产，需要通过和谐社会构建，以良好的社会福利，社会保障，对老弱病残，弱势者，下降流动者提供应有社会保护。

　　"弱势心态"之蔓延，对社会建设，管理与发展来说，是有益的警示，更是对政府与社会极大的积极启示！它反映社会转型期公众 心灵之脆弱和困境，也昭示公众心灵强大与和谐发展之必由之路！

　　呼唤：在公平正义的阳光照耀之下，让公民权利得以合法合理保证，让人们活得更有尊严，更有价值！

　　出路：培育奋发进取，理性平和，开放包容的社会心态，需要个体在自立自强中扬起心灵风帆，更需要政府和社会用规则与制度创造公平发展的空间，搭建共建共享的平台！

　　坚信：一个人人肯努力，人人有机会，人人有希望的社会，一定能大踏步地走出"弱势心态"的阴影！

一个国家的繁荣，不取决于它的国库之殷实，不取决于它的城堡之坚固，也不取决于它的公共设施之华丽；而在于它的公民的文明素养，即在于人们所受的教育，人们的远见卓识和品格的高下，这才是真正的利害所在，真正的力量所在。

———马丁·路德·金

时代呼唤公民道德重塑，兴国期待社会文明再造。

这世间要学会三种功力：即软功，软硬功和硬功。要学会四种方法：以软对软，有调节的空间，是双赢的妥协。以软对硬，有尊重的友好，是合作的前提。以硬对软，有底气的回旋，是掌控的优势。以硬对硬，有原则的把握，是竞争的空间。

知之者不如好之者，好之者不如乐之者。快乐工作的一天又要开始了！职场上人人争当"快乐使者"，我们的职场就会变成快乐天堂，事业乐园！

在职场中遇到烦恼与不快，归纳起来不外乎三类：1.人际类冲突；2.业务类冲突；3.混合型冲突。面对上述冲突最简便的方法是：回归自己的职场目标与出发点！我们工作的目的，底线是就业，混口饭吃而已，如此可解第一类心结；上线是事业，成就人生，实现价值，由此激发攻坚克难的信念信心。沟通协调+钻研合作=快乐成功！

城市管理的十大顽症：最厌抛抛族—高空抛物；最气停泊族—乱停车辆；最险攀爬族—跨越栏杆；最怕霸车族—横冲直撞；最恨皮癣族—黑色广告；最羞睡衣族—膀爷睡妞；最霸占道族—占道经营；最烦乱晾族—万国旗飘；最痛采摘族—破坏绿化；最脏乱遛族—狗粪遍地！

改革开放30多年，我国立法量大面广，但法治不到位，执行力很低！无法不行！有法不依更不行！执法提升空间巨大！同时，要看到法律也非万能，仅靠法理，会压抑"人性"。法理与道德的边界正如火焰与海洋的关系，火焰无法煮沸整个海洋！

中国是当今全球增长最快，最具活力的增长极，但潮涌现象值得关注：财富，人才，消费，税收，人才加速流失……我国企业创业孵化体系，风投制度，知识产权保护制度，分配与激励制度较落后，企业经营压力与要素价格骤增，利润空间大减，民营资本移民潮涌，资本与人才外逃使国家财富严重流失，防范工作刻不容缓！

当今中国存在"二代现象"，包括富二代、穷二代、官二代、体制内二代、体制外二代等等。其根源在于社会结构固化！在于社会进入转型陷阱！表现在：个体户长不大；存在不落空阶层和精英联盟；社会结构定型化。新型力量成为既得利益集团，导致结构固化、权力失控、赢者通吃、弱者无路。

当今中国，横向比一枝独秀，纵向比进步飞快!但步入转型期，社会活力开始下降、社会沉闷开始显现、发展步伐变得沉重、社会流动转入滞缓、社会矛盾日益突出。社会丛林化：底层虐待底层化、中层"下流化"、精英"海外化"。社会暴力戾气陡增。中国社会如何再造生机，如何走出过早的滞缓，值得关注！

中国社会再造生机不缺办法，关键在于建立健全依靠国家，市场，社会相互制衡的机制与结构状态。

【如何让你的好想法变成行动】

1. 让你的想法成为渐进的步骤。

2. 把想法分解为多个小步骤。

3. 将你的想法融入到别人的想法之中。

4. 想法应该从小到大。

5. 问问在什么条件下，打开头脑风暴的大门。

6. 设想一下所有阻力，并为之做好准备。

7. 提前获取支持者。

8. 计算你的想法的"收益"。

把好想法变成团队执行力，变成新业绩！

【 企业与员工 】

好招的时候，觉得员工贱，呼之即来，挥之即去！难招的时候，觉得员工刁，横也不是，竖也不成！员工在变，你有木有变？工资不提升，环境不改善，权益不保障，员工也是父母生，将心比心，谁跟你谈无私奉献？你如果已经赚到过钱，就不能再贪得无厌，观念需要转变，员工就是企业未来的钱！

告别人口数量型红利年代吧，拥抱人口质量型红利时代的到来！举国上下，加强培训与自修，社会转型，经济转型，企业转型，每个人都要转型！在全球转型与创新大背景下，愿国民一同自觉华丽转身！共同给力！

对专业工作者来说，把简单问题搞复杂了，是水平，也是贡献！对领导者来说，把简单问题搞复杂了，则是罪过！通常，长篇大论并不管用！管用的不复杂，复杂的不管用！长篇大论往往不管用，简单明了往往恰到好处！

城市不能没有商业，公园，学校，也不能没有书店！书店是城市之文化灯塔，是城市之血脉。城市缺少书店，等于一个美丽少女失去了一双美丽的眼睛。书城、综合性与各种专业型、主题型书店与网上书店如何共生，店面租金上升压力下如何给予扶持，已成为各级政府，特别是文化部门亟待关注的问题！

如何看待"改革困境"和"转型陷阱"？市场化改革不彻底，还是改革过了头？根本问题在于："权利非市场化"与"商品市场化"令利益集团聚利敛财如鱼得水！贫富分化，转型受阻成必然结果。权力与市场奇异结盟，其手段各显神通，行政强势与市场碎片导致高度垄断！是改革变味异化而不到位，还是改革过头，不言而喻！

【中国大学离世界一流大学还有多远？】

一位学者访问德国校方："你们大学怎么没有看到围墙和门卫？"校方回答："我们不理解什么是闲杂人员，任何人都有权来大学参观、访问、听课。至于外校学生或其他人来听课，我们都欢迎。我们也无权拒绝任何人来大学听课，因为他们是纳税人"。

靠围墙，门卫保安全太传统！大学与公园应向公众开放！安全防范系统应升级换代，尽快与国际接轨！还空间给公众和市民，是提升城市品质，放大大学与公园社会价值，与城市融合一体化发展的必然选择！关键是从哪儿开始创新。

【 **什么是好的团队合作精神?** 】

1. 不挑剔责难、只解决困难; 2. 重目标、轻过程; 重结果、轻形式; 3. 尊重个体差异、成就群体优异; 4. 职位分工是混凝土、团队文化是黏合剂; 5. 谨记: 尺有所短、寸有所长; 6. 不为自己失职找借口、只为别人工作留接口; 7. 搞小团体的唯一作用就是毁了大团队。

组建好团队，再创好业绩!

近日，上海书城淮海店正式关门，销售下跌，经营不善是主要原因。上海书城总经理沈勇尧称，网络书店打折换客户对实体书店冲击很大。第三极书局倒闭、风入松停业、单向街搬家、光合作用书房资金链断裂……传统书店真的就是死路一条? 拯救书店，重点在机制，根源在理念，出路在转型!

【平衡与不平衡】

1.打破利益平衡才能发展；打破思维平衡才能创新；打破精力平衡才能投入；打破竞争平衡才能突显。2.心理平衡才能坦然自若；生活平衡才能安然幸福；阴阳平衡才能欣然健康；生态平衡才能自然优美。3.平衡是种艺术，维系平衡促和谐，打破平衡求发展，动态平衡靠智慧。

打破平衡有理，建立平衡有利，动态平衡有为!

乔布斯把 "stay hungry, stay foolish" 奉为圭臬，值得国人深思!时下之中国，正处于创新转型焦虑症中.中国之创新如同中国足球一样，失落感大于期盼，让人爱恨交织，大有"有意栽花花不开"之痛!正因企业家缺乏"饥愚"感和"饥愚"精神，我国才罕见革命性创造活动。相反，为"山寨"拼搏有之，大呼小叫"屈指可待"也有之。

　　兼顾效率与公平：人类经济和社会永恒的平衡点！纵横全球，各国，各时代，没见过真正平衡的。动态平衡就是在不平衡中求得平衡，打破已有平衡，进而求得新的更高境界的平衡！当今中国之改革、发展、稳定，民生、增长、民主，何以动态平衡，维系民之生、国之运！不进则退，不平则乱，不改无望！

【哈佛管理世界之细心的培养】

　　1.对身边发生的事情，常思考它们的因果关系；2.对做不到位的执行问题要发掘它们的根本症结；3.对习以为常的做事方法要有改进或优化的建议；4.做事情要养成有条不紊和井然有序的习惯；5.经常找几个别人看不出来的毛病；6.自己要随时随地对有所不足的地方补位。

　　细心细节细化。

　　真正成功的人，无论在哪个领域，无一不是能发现自己的天赋，并将天赋全然绽放的人。但遗憾的是，我们被"木桶理论"局限了，绝大部分的人都将绝大部分宝贵的时间，用于去弥补自己的短板，木桶理论适合用于组织，不适用于个人成长。去发挥你的天赋吧，别理会那块短板！

　　以扬长避短发展自己，按木桶原理发展组织！

猖獗的吃空饷问题之根源何在？制度失守？权力失衡？缺乏监督？从根本上说，一个社会之权力结构决定着其制度结构和制度执行，若权力配置、制衡机制不到位，制度则偏好少数权力掌握者！必须综合治理！

一富豪到华尔街银行借了5000元贷款，借期为两周，银行贷款须有抵押，富豪用停在门口的劳斯莱斯做抵押。银行职员将他的车停在地下车库里，然后借给富豪5000元，两周后富豪来还钱利息仅15元，银行职员发现其账上几百万，问为啥还要借钱，富豪说15元两周的停车场，在华尔街永远找不到！

真有商业头脑，很会理财！一举多得！

过去的选择决定今天的生活，今天的选择决定以后的日子；成功者常改变方法而不改变目标，失败者常改变目标而不改变方法。思想的高度决定行动的高度，文化的高度决定企业的高度。

矢志不移，曲径通优；咬定目标，优化方法。

　　艺术源于生命，万物，却高于一切。艺术的永恒主题是爱恨交加。爱的漫步与恨的奔跑……情动其中，泪出其里，笑由心生，才能韵味悠长，扣人心弦。正所谓：爱到深处是不忍，忍看朋辈成新鬼。古今名作多血泪，用热血浇灌苦参，尤其打动人。经济社会转型中的文化复兴，能否孕育文化大师、巨作，时代与人民正寄予厚望！

　　现如今，亲朋好友间为了财产、利益、民事纠纷而告上法庭的，越来越多。其实彼此伤害是一件最为痛苦的事，一旦开了头，罪恶的伤口会愈扯愈大！但今天在法院调解中心，看到一批退休的法官、社会工作者用他们出色的调解工作，将45%的案子在诉讼前得以化解，使亲人、朋友等之间恢复和平，心灵恢复平和。

　　其实，只须冷眼看看你周边那些愤世族，那些企图伤害别人与公众、社会利益之人，其忌妒、仇恨、愤怒甚至歹毒，首先伤害了其自己！你看，在伤害他人之前，先伤害了其自己的心灵，使自己失去了安详、澄明和美好！愤怒使灵魂扭曲，仇恨使心灵蜷缩。

要想从愤怒、烦躁中解脱出来，必须使自己保持心灵的纯洁、自由，灵魂的高贵、澄明、节制、善良。无论善者、恶者，都会共同遭遇苦乐、生死、荣辱。若你遭遇了，不必回避，面对它，克服它，使自己远离一切对己对人、对公众对社会的伤害！

做领导的要解决好决策与指挥的问题，做下属的要解决好执行与落实的问题。领导一杆子插到底不好，下属托词不执行更不该。信息对称，沟通反馈是领导与下属无缝对接，协同互动的必由选择！

【何为时间管理？】

1. 做你真正感兴趣、与自己目标一致的事情。2. 知道你的时间是如何花掉的。3. 使用时间碎片和"死时间"。4. 运用80%—20%原则：利用最高效的时间，20%的投入就能产生80%的效率。5. 平衡工作和家庭：划清界限、言出必行；忙中偷闲；闲中偷忙；注重有质量的时间。

时间管理不光决定你的时间效率效果效益，还决定你人生的成绩成功成就！

【领导者类型】

1. 超级领导者：死了思想却永存，继续指导前进；2. 一流领导：无为而治，不具体做，其存在对下属是精神支柱；3. 二流领导：自己不干，下属玩命干；4. 三流领导：自己干，带动下属跟着干；5. 四流领导：自己不干，下属被动干。缺激励多说教；6. 五流领导：自己干，下属无事干；7. 六流领导：不知为何干如何干。

除了与境界和能力有关外，似与领导的岗位层级，领导的范围和幅员幅度也有关。

【 学生的"三个指数" 】

"学生身心健康指数"是学生全面发展的"基础"，分为身体素质评价和心理成长评价两部分。身体素质包括身体素质、运动能力和视力状况等；心理成长包括认识兴趣、成就动机、情绪稳定性等十个方面。

"三个指数"的践行很重要!需学校家长学生社会"四位一体"协同创新，协调推进。素质教育大有可为!

【 优秀的团队是怎么思考的 】

1.一个人的努力，是加法效应；一个团队的努力，是乘法效应。2.踏着别人的脚步前进，超越就无从谈起。3.脑袋之所以是圆的，那是为了满足我们不断转换思路的需要。4.彼此尊重才能达成彼此的理解。5.想要看得清楚，其实只要换个视角就行。

甚好!优秀团队要做好加法(合力)，乘法(协同)，减法(磨合)，除法(效率)四则运算，并体现在作风与业绩上!

城市居民生活状态调查表明：人们最企盼解决的问题，排前5位的依次为提高居民收入，稳定物价，解决住房问题，提高政府管理水平，解决社会公平问题。

不同群体在把握和发现个人发展机会方面有差异，主要来自于学历、见识、适应能力等自身条件，而期望值、进取性也是重要因素。拥有得天独厚条件的本地人评价居中，没有单位的个体户评价较高，颇耐人寻味。

从小学到中学，公办学校已在一定程度上打破了户口藩篱。义务教育阶段违规收学费现象依然存在，且发生在外地学生中的比例要大大超过本地学生。国家三令五申禁止公办学校收取的入学赞助费，不少学校依然照收不误。

【雷锋精神不可缺】

　　质疑也好，揶揄也罢，但没有谁能否定他当时对于整整一代中国人的激励作用。如果心中还有雷锋，小悦悦也许就不会惨死，如果心中没有雷锋，我们又怎能奢望还有勇斗窃贼的上海女孩。在物质生活不断丰富的今天，我们的精神却显得那般匮乏，难道我们宁愿信春哥信曾哥也不要雷锋精神吗？

　　"雷锋精神"进入美国西点军校培训教程，说明什么？改革开放三十多年，经济腾飞奇迹与人情淡漠、社会矛盾凸显并存，人们呼唤雷锋精神回归，人人期待活雷锋再现。其实，人人从"我"做起，从自己做起，从现在做起，从点点滴滴小事做起，活雷锋、新时代雷锋精神定会在身边神奇再现！

目标是需要分解的，一个人制定目标的时候，要有最终目标，更要有明确的绩效目标。最终目标是宏大的，引领方向的目标，而绩效目标就是一个具体的，有明确衡量标准的目标。当我们实现了一个目标的时候，我们就及时地得到了一个正面激励，这对于培养我们挑战目标的信心的作用是非常巨大的！

目标管理，让目标逐级细化逐级分解易于实施；管理目标，让目标任务化责任化易于绩效考核！

领导者不能光明确目标任务和重要性，必须解决下属"不知道干什么、不知道怎么干、干起来不顺畅、不知道干好了有何好处、知道干不好没什么坏处"的问题；必须设法保证"目标明确、方法可行、流程合理、考核有效、激励到位"！

当领导喊"立正"、"稍息"，下属的执行力一般不会有问题；但当目标任务较复杂、步骤程序多、涉及部门、因素、人员多时，执行力大打折扣。问题不在执行力的"术"上，往往在其"道"上！

　　过于倚重"术"的团队，事无巨细，拘泥于纷繁程序与细节，导致事倍功半，雷声大雨点小，且收效甚微！在执行力低下的组织中，往往存在照搬照抄型、只说不练型、不用心做而用心表功型、无过即功旁观型、不担责任型、吹毛求疵型、过于追求完美型、拖拉型、自以为是型等个体及其行为，造成阻力与负作为！

　　执行力低下的组织不同程度存在5个核心问题：1.责任分配问题—下属不知该干什么；2.方法标准问题—下属不知该怎么干；3.制度流程问题—干起来不顺畅；4.激励机制问题—不知干好有何好处；5.督查问效与责任追究问题—知道干不好没啥坏处！上述"道"的根本问题不解决，再多培训，约束，再高技能，再好职业素养均无济于事！

　　执行力之"术"：1.高层制定组织目标，逐层分解成团队目标直至个人目标；2.围绕目标寻找简单可行的有效方法；3.确定合理流程，无漏洞、不断流、不逆流；4.绩效考核，并按考核结果实施奖罚；5.激励到位。"术"之关键在于领导者、管理者、组织与团队、个人交互间责任到位，奖罚分明！

　　文化与制度，是组织的两肋，缺一不可！前者是软肋，但可令其众口一词，万众一心！后者是筋骨，坚如磐石的制度可约束组织成员的态度与行为。只有将两者结合起来，相互渗透、相互促进、软硬兼施、刚柔并济，才能形成独特的组织内涵，将其治理、管理到极致！

　　西方"游戏民主"日落西山，"一人一票"弊端益显！在西方发达国家完成现代化后才形成的"一人一票"制，这种只讲程序与公平，不讲效率与人才的"自由民主"模式正迅速走向劣质化。这种民主模式像被宠坏的孩子，祖上留下巨额家产的，可继续游戏和挥霍一段，一旦家产耗尽，则无药可救！

　　存在的皆有合理性：尊重现实、从现实出发！存在的又不尽合理：力求更好，与时俱进、不断创新是永恒主题！我们的责任与使命：针对时空与时代的变化，把存在的不合理之处转变为更为合理，并尊重和兼顾存在的合理性。

在当代社会，我们或挤在城市的火柴盒建筑里，或静闲于花园小楼中，或留守于乡村农舍中……无论在哪，都如同生活在无知的洞穴中！我们都需要资讯、搜索、信息对称、通讯……我资讯，故我在！在现代化社区中，邻居不相望，鸡犬之声不相望，民至老死，不相往来。幸亏资讯发达，弹指一挥间，世界皆互联。

【领导力的四个境界】

境界一：员工因为你的职位而服从你；境界二：员工因为你的能力而服从你；境界三：员工因为你的培养而服从你，他们感恩于你对他们的尊重、培养和付出；境界四：员工因为你的为人、魅力、风范而拥戴你。一般管理者做到境界三已属难得，境界四则需要拥有深厚的领导技能。

提升境界，做更好领导！

青年朋友不乏创造性和进取心，成功之关键在于：面对现实，尊重现实又不安于现实，积极进取，积极作为；中年朋友不乏社会经验与沉稳实干，成功之关键在于：如何跟上时代与科技进步的脚步，在经验与现实基础上开拓创新，不断进取，大胆作为。时代呼唤创造，时代拥抱成功！

在内外环境复杂多变形势下，中国企业正面临六大难关：1.成本上升；2.税费较重；3.盈利缩小；4.资金紧张；5.用工困难；6.外部环境堪忧。

【 量变到质变 】

吃了几十口饭菜，最后一口吃饱了，是前面几十口的积累；听了一百句话，最后一句顿悟了，是前面几十句的积累；跑了几百米步，终于达到出汗效果，是前面几百米锻炼的积累；项目协调来协调去，最后取得进展，是前面一系列沟通会效果的积累。

在工作上，能力不敌态度；在成功上，才华不敌韧度；在知识上，广博不敌深度；在思想上，敏锐不敌高度；在做人上，精明不敌气度；在做事上，速度不敌精度；在看人上，外貌不敌风度；在写作上，文采不敌角度；在方法上，创意不敌适度。

得法者，事半功倍；得道者，大道通天；得心者，如有天助！

电离层型领导，是指不利用部下的大脑，而只利用他们的手脚的领导，或照搬部下的想法，却无力取得上级许可的领导。这样的领导会阻碍部下的成长。指导过细的溺爱型领导也不行。对骨干只须交待目标，方法由骨干带领团队去考虑。这样有助于培养部下。在"赛马中选马"的培养方法更高明：五分靠工作，五分靠培养，相辅相成！

今天的事，今天办；能办的事，马上办；困难的事，想法办；限时的事，计时办；重要的事，优先办；琐碎的事，抽空办；个人的事，下班办；别人的事，努力办；着急的事，细心办；重大的事，清楚办；困难的事，分步办；讨厌的事，耐心办；开心的事，开心办；所有的事，认真办。

办事真谛：执行力！办快、办妥、办好！

【直面下属不服5法】

1. 慎用行政职权式命令，这会拉开你与下属的距离；2. 身先士卒，勇于担当，甚至在事情处理上付出比下属更多的努力，以此带动团队的执行力；3. 找准下属的需求，在工作、生活各方面体现出关怀；4. 任务分派合理，职责利分明，奖赏要适时到位；5. 对于影响团队精神的顽固分子，需分而治之，各个击破。

心服口服，才能行动一致！

直接批评别人是一种错误的选择。因为被批评人最害怕批评会伤害自己的面子、会伤害自己自重感。要学会"拐弯抹角"的批评，不要责怪和抱怨别人。不得已也要学会用提醒的方式，不伤及别人的自尊和荣誉感。批评应注意前提、方式、场合与效果！首先要服从于目的，服从于前提，服从于效果。目的与出发点是正确的，好的，前提是没有错误信息，主观误判，事实清楚；方法得当，场合适宜，正效应＞负效应为宜。

【 凡者与智者 】

1. 凡者忙于解决具体问题，智者善于解决根本问题。2. 凡者仅仅解决当前问题，智者善于解决未来问题。3. 凡者力图解决全部问题，智者善于解决关键问题。4. 凡者只是解决有形问题，智者还会解决无形问题。5. 凡者总是解决别人问题，智者首先解决自己问题。

大处做智者，小处做凡者；远处做智者，近处做凡者；难处做智者，易处做凡者！

西班牙科学家用海藻提炼出了石油，成本为 60 美元一桶，比现原油便宜一半。这意味着"石油"变成了取之不尽用之不竭的可再生能源，这一事件，将对 21 世纪人类的政治、经济、军事带来巨大的影响！值得关注。

【思维定势定人生】

神对一猴子说：可怜的猴子，你在猴王争霸中被打败，我要将你点化成人。猴子很感激。神问：成人后你第一件事想干什么？猴子说：拿一杆枪打死现在的猴王，夺回王位，所有母猴都归我。思维定势决定了人性的悲哀，有些人你可以给他更高级的身体，更高级的职位，却给不了他更高级的思想。

哈哈……猴性难改，难以成人，助长无效，提携何用?! 现实中类似情况也有哦。

【微时代呼唤微创新】

1.技术型微创新：材料创新，便利化与用户体验创新；2.功能型微创新：热点功能创新，用户满足创新，功能组合创新，新用户潮流创新，热门配套创新；3.定位型微创新：错位定位创新，逆行借势创新，微跨界一体化创新，身份标签创新；4.模式型微创新：国外成功模式COPY 创新，模式嫁接与平台转换创新。

【 管理者 10 心 】

1. 目标要有野心；2. 行动要有恒心；3. 待人要有诚心；4. 困难要有信心；5. 工作要有细心；6. 同仁要有爱心；7. 麻烦要有耐心；8. 好事要有疑心；9. 批评要有宽心；10. 自己要有实心。

全心全意 = 十心十意 + 实心实意。

大风起于青萍之末。当情感、知识与信息成为比物质更加重要的要素时，跨界重组、异业联想、集成创新等必然呈现爆发式增长！微时代的微机会，正成为改变我们事业与人生的新趋向、新取向！

　　构建热带雨林式、多样性商业生态系统：既有参天大树（央企），也有各色各样的林木（外企、民企、混合所有制上市公司），还有花草灌丛（成长型企业）和蕨类蘑菇（创业者）等等。当所有公司与经济实体、经济个体物种都生机盎然、生机勃勃，现代商业社会就会呈现出生态之平衡与效率!

【与上司相处的8点技巧】

　　1.你可以不同意上司的观点，但请不要誓死捍卫你说话的权利。2.不要跟自己的上司称兄道弟。3.少提意见，多提建议。4.不要在上司面前显示自己的聪明。5.少主动问及上司的生活。6.不要忘记谁是你的老大。7.不要轻视自己的上司。8.主动沟通，主动汇报。

　　与上司和平相处，和谐共事很重要哦!

　　社会管理之要在于：法制，公治，民治，德治，四治并举，四治相承。

　　一个运作良好的思想市场，能培育宽容，成为一服有效的，对偏见与自负的解毒剂；在一个真正健康开放的和谐社会，错误的思想很少能侵蚀社会根基，也不会威胁社会稳定；一个充满活力的思想市场不仅是科学文化教育卓越的先决条件，也是开放社会和市场经济不可缺少的道德和知识基础。

　　没有开放自由的思想市场，人才的多样性必将枯竭；思想市场的发展将为中国经济提供知识动力，使中国最终成为思想创造，商品创造，文化创造的全球中心之一。

　　全球长期陷入"中等收入陷阱"的国家和地区，其基本因素在于：利益格局未理顺，新增长点未形成。出路在于深化改革创新，调整利益格局，加快经济社会转型！

　　加快创新转型，调整利益格局的着力点在于：1.调整政府与社会管理的关系。取决于其些政府部门是否勇于放弃一些该放弃的既得利益，是否勇于主动打破狭隘利益格局，是否勇于实现自我革命。2.调整政府与政府之间的关系。政绩观与GDP松绑，更加关注就业，民生，公共福利等；3.调整社会各阶层利益格局。

　　认同定律：不值得做的事情，就不值得做好。这个定律似乎再简单不过了，但它的重要性却往往被一些企业老板疏忽。认同定律反映出人们的一种心理，一个人如果从事的是一份自认为不值得做的事情，往往会保持敷衍了事的态度，不仅成功率小，而且即使成功，也不会觉得有多大的成就感。
　　不认同之事，终难成功！不认同之人，实难信赖！不认同之时，切忌草率。

互联网正呈现更高速，更低成本与接触成本，无线宽带，爆发式增长态势。网络与现实世界边界越来越模糊。一个"鼓励分享，平台崛起"的互联网新时代即将到来！靠单一产品赢得用户的时代已过去，渠道为王的传统思维不再吃香。

摆在我们面前的使命是：如何铸造一个供多众服务供应商共同创造，广大用户自由选择的平台经济体系！互联网新时代不再信奉传统的弱肉强食般的"丛林法则"，而是更崇尚"天高任鸟飞"的"天空法则"！当代世界，人人是参与者和设计师，这一伟大试验值得我们屏气凝神，心怀敬畏，全情投入！

失败者的三大问题是奴性、惰性和推卸责任。自己没有独立思考，什么都听上司的，是为奴性。上司拨一下你动一下，不知道该主动做什么，是为惰性。混不好怪上司、怪职场、怪社会，是为推卸责任。

【逆向思维：问题就是机会】

公司的问题，就是你晋升的机会；客户的问题，就是你销售的机会；自己的问题，就是你成长的机会；同事的问题，就是你建立人脉的机会；老板的问题，就是你赢得信任的机会；竞争对手的问题，就是你变强的机会。

主动思维 + 逆向思维 + 积极行动 = 职场达人。

【统计数据造假遍及多地统计与经信部门联手炮制】

国家统计局曝光了山西河津统计数据造假事件。然而经调查发现，全国多个地区均不同程度存在此类现象，其造假的方式也大同小异，都是由当地统计局或经信局提前制定数据，然后交由企业填报。

上联：糊里糊涂输入垃圾数据；下联：稀里糊涂输出垃圾结果。横批：自欺欺人。

大事坚持原则，小事学会变通。

承诺时多留余地，兑现时多多给予。

得人之力者无敌天下，得人之智者无畏圣人。当今创新创业之最佳领域，无疑在于电子商务与实体经济的结合部，在于异业联盟与平台经济，融合经济。其商业模式与盈利模式之本质，在于帮助关联商家与客户获得更多利益，令众多关联企业追随并助力，构成利益共同体与企业集群。集成创新龙头企业之成就必远在广众之上。

成功之更高路径与境界在于："不争之争"策略！1.居善地：学习提升自我，以安居应处地位。2.心善渊：心如深潭般清澈平静，不受外界环境所扰。3.与善仁：心存友善，可得众力。4.动善时：合理把握办事时机。5.言善信：讲信用。6.正善治：忠于职守，用业绩说话。7.事善能：做力所能及之事。

老子曰：天下难事，必作于易；天下大事，必作于细。问题容易解决时却听之任之，等问题成堆，变成老大难；小事掉以轻心，等积重难返，想努力改进，已力不从心。故聪明人做事，在统筹基础上化小单元，边干边优化，积小成为大胜。我们不缺少战略家，缺少精益求精的执行者；不缺少规章制度，缺少兼顾规范与效能的有力执行！

【杰出人士的六个好习惯】

1.凡事第一反应：找方法，而不是找借口。2.写下来，不要太依靠脑袋记忆。3.每天提前15分钟上班，推迟30分钟下班。 4.恪守诚信，说到做到。5.不管任何方面每天必须至少"进步一点点" 6.每天在下班前15分钟的时间做一天的整理工作。没有做到的，从今天开始坚持做到！

好习惯，必有好业绩；好习惯，必成好干将！

【执行力不佳的 10 大原因】

1. 推过揽功，不负责任；2. 选人无方，用人不当；3. 只重制度，忽视文化；4. 管理不当，领导不足；5. 目标不清，计划不明；6. 标准缺失，考核无据；7. 只重指令，不懂沟通；8. 事必躬亲，不会授权；9. 流程不畅，衔接不良；10. 管控不力，奖罚不当。

非常之时，需要非常之举；关键之季，期待强力执行！针对执行力不佳之十大根源，对号入座认真改进，通力协作全面改善。

在学中干，在干中学！在游泳中学会游泳！学以致用，学实并举！以学代干不行，要以学促干、以学带干，边学边干，边干边学。

迁就是相处的姿态，平和是教诲的方式；谦和是为人的常态，协作是做事的平台。

快乐是一种生存与发展的能力！

世事洞明皆学问，人情练达即文章。的确，人生之道理在生活中无时无处不在，唯善于发现和学习，才能尽其智商之功；唯有在生活中处理好自己与他人、与社会之关系，才能尽其情商之能；情商＋智商＝人之灵商！

【垃圾不落地政策能落地吗？】

若不将垃圾总量的年增长率由正变负，三年之后，垃圾围城的现实困境就会真切逼近。然而，居民能否按时交垃圾？垃圾该怎么分？由谁主导回收？焚烧厂该不该建……尚有一系列问题没有厘清，垃圾围城已迫在眉睫。台北做得很好，上海何时落地？热切期待中……

【数据显示 2010 年北京日均 104 人确诊癌症】

数据显示，2010年北京户籍人口共报告恶性肿瘤新发病例3.7万多例，相当于平均每天约有104人被确诊。10年间，北京人癌症发病率平均增长了4个百分点。且自2007年开始，癌症已经超过了心脑血管疾病，跃居北京市居民死因第一位。

感觉癌症发病率呈：农村<县城<中等城市<大城市<特大城市。

【 处事的六大方略 】

1.无事不生事，绝无意外之变；2.有事不怕事，安度局中之危；3.省事不多事，避开忙中出错；4.识事不搅事，必无乱后之折；5.重事不轻事，省却战前之败；6.简事不误事，尽享静时之乐。

处事有方略，为人讲诚信！

外贸企业头上"三把刀"：用工荒、融资难、汇率波动！加上国际市场不断萎缩，经营成本持续上涨，汇率压力等多重压力，部分外贸企业面临"乏单"、"有单不敢接"的绝境！

外贸企业新出路：网上外贸！以互联网开拓国际市场让外贸企业绝处逢生！以贸易成本低、市场辐射广为特点的电子商务在外贸出口"高成本时代"凸显优势，"网易直通车"势头强劲，但网络交易诚信不足、人才缺口等亟待破解！

【"网上外贸"正凸显三大优势】

1.明显降低外贸企业经营成本；2.灵活应对金融危机、欧债危机以来持续的短单、小单化趋势；3.帮助广大中小型外贸企业直面终端市场，通过订制提升利润空间。

"网上外贸"诚信度，便利化成现实制约瓶颈!由于网络欺诈监管不力，不少商户受骗蒙损。政企联手破解网上贸易诚信难题，制定与国际接轨的网络交易法规，明确网络交易买卖双方，交易平台，支付平台，配送方，软硬件提供商，基础网络运营商，接入服务运营商的权利义务；从高职，高专专业设置入手，加大复合型人才培养!

信用卡计息如同"驴打滚"！"利滚利"、按月计复利、逾期高息、重复处罚，简直比放高利贷还狠！呼吁整治高收费、暗收费、霸王条款、e-垄断！

【 标杆在哪里？】

跟标杆学不会是小傻，不知标杆是大傻。人，有时候必须借助力量，看到天花板上面的那一层地板，那么请找标杆吧！很多人说棋逢对手才过瘾，其实那是扯淡，真正的聪者，定是与标杆过招才是超越本我，学生不超过老师，社会如何进步？有志者事竟成！超越自我，挑战极限。

志向要远，目标要近，与其躺在原地做梦，不如逐步靠近梦想；选择要远，行动要近，锲而不舍终有成，好高骛远皆是空；投资要远，投入要近，不要贪多求大，最后壮志难酬；人脉要远，人际要近，利益驱使的并非深交，心神相映的方是挚友；事业要远，事情要近，愿谋细微者，方可成大器。

由远而近规划，由近而远推进！化大为小起步，积小成大成事。

工作是一个施展自己才能的舞台。我们寒窗苦读来的知识、我们的应变能力、我们的决断能力，都将在这样一个舞台上得到展示。除了工作，没有哪项活动能提供如此高的自我表达的机会，如此强的个人使命感，以及一种活着的理由。工作的质量往往决定生活的质量。——洛克菲勒

我国战略性新兴产业规划，从上到下一般粗，口号式、一哄而上式、浪潮式、同构重复、好大求功、孤岛式、基础依赖进口、组装式、急于求成、急功近利等等，还有头脑发热的，要求取代支柱产业的……方向正确，分法、路径、政策、机制体制、产业链、行业细分不够，将事与愿违，付出巨大代价与学费！

低碳呼唤扩大LED推广利用与自主发展！LED直接将电转化为光，是继火，白炽灯，荧光灯之后第四次人类照明革命之代表。在同样亮度下，LED电耗仅为白炽灯照明的八分之一。2010年我国照明耗电3225亿度以上，若三分之一以上照明改用LED，一年可节电1000亿度，节省标煤1229万吨，减少二氧化碳排放3473万吨。

战略性新兴产业必须细分到四级以下大类产品类别，如：LED 产业，DIC 行业，从产业链、研发、基础材料、部件、系统、生产、应用、消费、配套等环节系统推进，兼顾国际竞争与国内市场培育。我国战略性新兴产业方兴未艾，大有可为、任重道远！

【沟通三原则】

1. 面对问题，而不要回避矛盾。2. 解决问题，而不是证明对方的错误。3. 换位思考，而不要固执己见。从本质上说，沟通不是说话，而是改变行动。真正的沟通者关注沟通的效果。在沟通时，重要的不是你说了什么，而是对方理解了什么，所以对方的反馈非常重要。

沟通之本质是交心，沟通之渠道在交流，沟通之方法在求同，沟通之成果在理解，沟通之结果在共赢。沟通是协调之基础，协调是解决之基础。

　　一个人起点低并不可怕，怕的是境界低。越计较自我，便越没有发展前景；相反，越是主动付出，那么他就越会快速发展。很多取得一定成就的人，在职业生涯初期都是从零开始，把自己沉淀再沉淀、倒空再倒空、归零再归零，他们的人生才一路高歌，一路飞扬。

　　职场生存的至理箴言，职场发展的金玉良言，职场制胜的真知灼见！

【游戏的暗语】

　　俄罗斯方块：犯下的错误会积累，获得的成功会消失；植物大战僵尸：调整状态，方能应付不同挑战；愤怒的小鸟：有时沉下身心，是为了飞得更高；跑跑卡丁车：永远别觉得时间还多，可以浪费；水果忍者：水果与炸弹同在，机遇与挑战并存。直白而精辟，一针见血，道破天机！

　　我国银行业光靠"吃利差"日子已过得很舒服，无疑助长了惰性，削弱了开拓"中间业务"、寻求新增长点的紧迫感与危机感。打破"垄断——利差"业务模式，出路在于：降低金融机构准入门槛，扶持民间金融，引入市场竞争，缩减利差，推动利率市场化改革，激发银行业务创新积极性！

【**谁是马路杀手 ?!**】

　　2011年，在严禁酒驾后，在汽车保有量达1.04亿辆后，我国仍有6.2万人死于车祸。而汽车保有量在7000多万辆的日本，车祸死亡人数仅4611人。汽车保有量2.85亿辆的美国，车祸死亡人数仅4.2万人。我国交通事故死亡人数连续十年位居世界第一！其中50%是司机违章所致！经验不足，违章司机是主要马路杀手！

【 我国中小企业像"开关" 】

我国中小企业平均寿命仅为3.7年！美国则为8.2年，日本可达12.5年。中小企业开开关关，如此频繁，工商登记与管理部门工作量够大的。究其原因，有多少"归功"于政策与市场环境？有多少"归功"于企业自身及业主本身？值得研究分析！

人有四大需求：肌体需求、情感需求、心理需求、精神需求。打造团队也如此。1.以绩效为基础，维持团队肌体健康：绩效指标之于团队，如同水，空气，食物之于人！2.以和合为纽带，维护团队情感健康：用能力，效率，质量，人际关系等内在素质指标衡量。3.以学习为动力，保持团队心理健康；4.以文化为引领，保障团队精神健康。

管理"123"：一个目标（体系化、结构化、具体化、定量化）；两个抓手（计划、考核）；三个方面（任务、队伍、制度）。分工与协作是两项管理基本活动。按照流程，合理分工，通力协作，有助于防止形成管理"孤岛"，提高执行力！

专注：为职业生涯自我给力！1.专注地确定适合自己的目标，而不好高骛远；2.专注地选择自己强项职业，而不挑精拣肥；3.专注地干好自己胜任的工作，而不眼高手低；4.专注地锁定自己奋斗的专业，而不浮云过眼；5.专注地审视自己内心的幼稚，而不傲视对手！

专注，让你拒绝三心二意，一门心思做工作，与成绩约会；专注，让你避免神情恍惚，集中精力干事业，与成果相拥；专注，让你远离四面出击，华山一道攀上去，与成功牵手；专注，让你的人生也许木有五光十色，但一定会拥有美丽彩虹！职业生涯有险境，大千世界多诱惑，易患焦虑症、影响专注性，你须有定力！

[道德与社会道德]

从个人道德内在角度看，自私是人本性的必然因素；但在行动中，无私被视为最高道德目标，同情、良心和爱也深植于内在情感之中。从社会道德外在角度看，群体道德的愚钝使纯粹无私的道德成为不可能，也木有足够力量去接受纯粹的爱与完美的善。

【中国企业发展的硬伤】

1.大部分老板忙，不是忙于未来的战略，而是忙于昨天的问题。2.大部分领导绩效差，不是错在做事，而是错在用人。3.大部分企业做不大，罪不在于愿景，而在于基因（系统不健全）。4.大部分精英对现状不满，不是因为没有好的职位，而是信息真的不对称。

有时就事论事，立竿见影；有时就事论事，于事无补。变被动为主动，变消极为积极，变浮躁为沉着，变应变为谋势。

现代管理学著名的霍桑试验结果表明：与改善工作环境、实行计件工资、严明奖惩等措施比起来，经常与部属进行交流沟通，给大家以"主人翁"尊严，更能广泛而持久地促进效能、效率、效果、效益与执行力的提高！

在职场中，领导者能尊重部属人格，使部属乐为之用，十分重要！现实中，确有领导对部属要么严肃有余，随和不足，让人难以接近；要么今天批评这个、明天训斥那个，搞得人见人躲；要么盲目追求"说一不二"的领导做派，刻意树立个人威信。如此态度，部属怎能快乐工作？怎能营造轻松愉快的工作环境？

领导者习惯性发火，往往会使部属感到压抑、焦虑、消沉和迷茫，甚至会诱发心理问题。心理学知识告诉我们：人性中最深切的心理动机是对受人尊重、被人赏识的渴望。如果习惯以训斥求驯服，结果必然是压而不服。

营造公道正派的风气是"快乐工作"的保证！风气虽无形，但却人人能感知。风气是软环境，具有硬作用。风气如空气，空气不好，会影响身体，伤害健康；风气不好，会影响发展，伤害民心。

作为领导者，如果待人分亲疏，处事有厚薄，就会让部属觉得窝囊、产生怨气。常言道：不怕苦、不怕累，就怕遇事不公正；天不怕、地不怕，就怕无故发脾气！可以说，坚持公道处事，公平待人，是大伙儿心情快乐之重要保证。

领导者善于科学统筹安排工作，才会使部属心悦气爽！现实中，确有领导者安排工作时盲目出招，随心所欲，朝令夕改，令大家疲于应付，苦不堪言，耗费精力，成效不大，怨声载道。

领导者安排工作时，应充分考虑部属承受能力，分轻重缓急，加强统筹协调，搞好"关闸分流"。加强部门间沟通协调、分工合作，克服随意性、盲目性，防止政出多门、互相撞车；提倡开短会、写短文、说短话；尤其要防止朝令夕改、政出多门，以求：井然有序，心悦气爽！

"感人心者，莫先乎情。"领导者应积极为部属排忧解难，为部属营造温馨工作环境、如家工作氛围。为部属排忧解难，稳定思想，克服障碍，保持积极向上精神状态，让快乐情绪自然滋生！

成功企业成长之路：先做"吸才石"，再做"试金石"，终成"吸金石"！

【个人与团队】

没有完美的个人，只有完美的团队；没有铁打的个人，只有铁打的团队；没有无敌的个人，只有无敌的团队！

【创新创意创业新理念】

1. 从行业纵向延伸转为跨行业横向异业联盟；2. 从求大求全转向专业细分，横向拓展；3. 电子商务向实体经济渗透，嫁接，融合；4. 第三方支付成为最迅猛互联网应用领域，今年我国第三方支付市场年度交易规模可望达到 14500 亿元；5. 支付方式向智能化转变的过程也是社会向新生活方式演进的过程！

【执行力差 8 原因】

1. 没有常抓不懈—虎头蛇尾；2. 制度不严谨—朝令夕改；3. 制度不合理—缺少可行性；4. 执行过程过于繁琐—囿于条款不知变通；5. 缺少良好方法—不会分解汇总工作；6. 缺少科学的考评机制—没有有效的监督；7. 只有形式上的培训—没有改造思想与心态；8. 缺少大家认同的企业文化—没有形成凝聚力。

扬长补短齐努力，提升团队执行力。

【不合格老板的特征】

1. 平日里，无视员工；2. 有任务，吆喝员工；3. 遇问题，斥责员工；4. 有责任，推给员工；5. 有功劳，不奖员工；6. 有过错，归于员工。如此老板，员工弃之！

【领导者与管理者不能缺"勇"!】

"将不勇,则三军不锐。"作为领导者与管理者,若木有迎难而上、乘风破浪、历险前行之"勇",则无法带领团队有所作为。当然,领导者与管理者之"勇",并非独立存在,而是与"道"和"智"相辅相成,大智大勇,难不畏险,进不求名,退不避罪;勇于决断,勤于协调,善于决断,精于带队!

【 领导者和管理者的核心管控能力：用好"四权架构" 】

1.方向权：方向之重要性，以及实践中经常出现偏差性，使之显得尤为重要；2.人事权：以职位层级划分权限，抓大放小最为切实可行；3.财务权：财务健康与否决定生死存亡；4.督察权：避免报喜不报忧，避免偏重经验分享而忽视问题导向与危机预防。

【 成功者13个价值连城的习惯 】

1.了解做每一件事情的目的；2.决策果断；3.善于倾听；4.设定"当日计划"；5.善于总结；6.做擅长的事；7.勤于练习基本动作；8.运用自我暗示的力量；9.运用冥想的技巧；10.保持体力或创造更多精力；11.超越自我；12.建立系统；13.成功者找方法，失败者找理由。

好习惯是成功之前提与基础！

【 人才市场同时面临招聘难，求职难 】

一边是有工作的不想工作，一边是想工作的找不到工作；一边是企业想要的不来上班，一边是企业不想要的总来求职。大多数年轻人待在家里玩，中老年人都在找活干。易赚钱的人不想赚钱，不易赚钱的人在拼命赚钱.美国18岁以上都自己独立，中国28岁还靠父母养活，企业怎能招到人呢?!

【 企业招人难，个人就业难之根源究竟何在？ 】

症结在于：想要的人不来，想来的人不要。企业招人的条件刚好符合现在不想工作的那群人，或者说是想要好工作(收入高，付出少)的那群人，可是多数企业开出来的福利报酬，工作环境等又不是求职者的理想选择。人才市场双方都难的真正原因是：对接难，迁就难，妥协难，合作难！

理性与感性是一对永远相互对立，彼此依存的孪生兄弟，互为对方存在之前提。凡理性占上风时，决策往往正确，管理往往顺畅，计划往往成功；反之，则往往系统混乱，决策及行为陷入失败。理性是一种合乎逻辑，合乎事物因果关系的推理，是合乎自然和人性的，判断世间一切事物之标准，意味着客观，批判，务实，严谨！

【 狼性领导五大原则 】

1. 不会在自己还弱小的时候一味要求尊严，懂得忍辱负重。2. 一个互相协作的团队永远比个人更强大。3. 有自知之明，知道自己适合什么。4. 懂得顺势而为，时势造英雄，而不是英雄造时势。5. 你是否有能力让人们跟随你冲锋陷阵，取决于你是否让他们确信你心中装着他们的利益。

狼性可贵之处：敏锐，协同，坚定，果敢！

【 中国的人口红利正在急速消失 】

1980 年代以来的三十年中，推动中国经济快速增长的要素之一就是人口红利带来的廉价劳动力成本。2011 年，我国劳动力资源占总人口比重第一次出现了下降。根据第六次人口普查数据推算，一百个就业人口或者是劳动适龄人口抚养老人 20 个，而且这个比重正在快速增长。

出路在于：变人口数量型红利为人口质量型红利！

现今物欲横流的社会中，信仰荒芜，杂草丛生！信仰迷失，让一些人的心灵中，杂草野蛮地生长。对个人、企业及社会来说，均不能没有信仰。

人工与原材料成本、赋税压力大及融资难成为广大中小微企业生存与发展的"拦路虎"！半数企业面临用工荒，中高端技术与管理人才奇缺。能力结构缺陷与更高福利待遇要求，形成用工荒的鸿沟！企业困惑，个人迷惑！用工环境日趋严峻！

民营企业老板之生存之策：做好"三层修练"之管理功课！第一层：对所从事行业及其环境之掌控能力；第二层：作为企业领导者应掌握的决策能力；第三层：对企业的运营能力。在明确贴近市场、满足顾客需求之运营模式后，应学会解决好或提高企业经营管理能力。

【 企业管理七大顽症 】

1.有战略，但执行不力，贯彻不彻底；2.有目标，但动力不足，落实不到位；3.有组织，但沟通不畅，本位主义；4.有制度，但监督不严，有人钻空子；5.有流程，但存在扯皮，效率低下；6.有人员，但人心涣散，貌合神离；7.有绩效，但流于形式，奖罚不力。

针对顽症，逐项整改，力求实效，追求卓越！

【 执行力 】

1.过去讲的执行力本质上是服从力，旧执行力假定：领导掌控价值，服从领导就是生产力；2.新执行力本质上是价值力，新执行力假定：客户价值是由员工创造的，服务员工才是生产力；3.领导者从权力走向服务，员工从服从权力走向创造价值，这是新趋势下的执行力！

与时俱进，求真务实才是真正的执行力！

【**财政部五大财税举措为小微企业"减负解困"**】

中国财政部推出五大财税措施降低小微企业经营成本，包括 1. 大幅提高增值税和营业税起征点；2. 将小微企业减半征收企业所得税政策延长到 2015 年底并扩大范围；3. 免征一定期限内金融机构与小微企业签订的借款合同免征印花税。

小微企业之福音，期待更多好政策。

社会发展，不应只有英雄和领导者。对管理者和社会精英，应淡化其英雄色彩，加快实现职业化流程与分工管理！促进职业化、规范化、表格化、模板化管理十分必要！实践证明：扎根于市场机制的职业化发展模式，是最有效率的。

政治、经济、社会，企业、个人交互之间，无不需要"妥协"两个字！其实，"妥协"是非常务实、通权达变的丛林智慧。凡是人性丛林里之智者，皆善于得恰当之时机而接受别人之妥协的，或者向他人授之予妥协。人，毕竟要生存、毕竟要发展，事物必然要不以人之意识而转移、而演进的。这样，靠的应该是理性，而不是意气。

中国的教育欠缺什么？欠缺对学生软能力的培养！从人的职业生涯来看，人的能力可分为硬能力和软能力。前者包括知识、技能、经历和经验，主要是靠学来的、拼来的；后者包括快速学习能力、沟通协作能力和逻辑思辨能力，主要靠修来的。

中国的教育过于看重知识与记忆，不太看重技能，更缺乏思想、观念、方法论和方法教育！没有思想、观念、方法论、方法和必要技能做基础，死读书、读死书，只能囫囵吞枣，死记硬背，掌握皮毛！

在人的职业生涯中，硬能力决定着人之现状与业绩。业绩好的、生存状态好的，都是知识、技能、经历和经验相对好的，反之则反；软能力则决定着人的发展空间和未来。在这个瞬息万变的时代里，没有快速学习能力，那就意味着落后，意味着被 OUT！

在软能力中，"协作"意味着取长补短，意味着相互配合，意味着团队合力。木有协作就意味单帮：小单帮不好，大单帮也不好！在职场中，只有人与人之间、部门与部门之间、系统与系统之间通力合作，才能协同行动，才能做到一盘棋，才能最大限度地发展资源优势和体系力量！

在软能力中，逻辑思辨能力是处理各种矛盾最为有用的东西！个体与集体、局部与全局、战略与战术、长期与短期、生存与发展、收入与贡献，矛盾无时不有、无处不在。木有逻辑思辨能力，就无法突出重点，就无法控制大局，或者就分不出轻重缓急，就无法取舍，就难以统筹兼顾！

硬能力与软能力之间的关系，犹如硬件与软件之间的关系，是相互适配，共同发挥作用的。硬件不行，软件再好也木有太大用处；软件落后，硬件也就成为摆设了！

对于有心跻身社会精英阶层的人来说，软能力应该还包括认识职场、认识社会的能力！其道理很简单：人只能在认识范围内脱颖而出！若你不了解职场，你就无法从职场中脱颖而出；若你不了解社会，你就无法在社会上游刃有余！切记：坐井观天，井有多大，天有多大！

小微企业面临前所未有的挑战：用工荒，人才流失，人才质量难保，用人留人困难重重，融资难，开拓市场难，企业长大难以及应对政府部门多头检查，多头培训，多头收费难等。问题究竟在哪？其实，想节省成本，不重视人才资源，没耐心培养人才，不提供人才发展空间，不会用正确方法管人……这些皆不能排除老板之过。

【职场诀窍：学会向上管理】

职场中对下关系比对横向关系好处，对横向关系又比对上司关系好处。学会向上管理很必要、很重要！向上管理之根本目的，在于如何通过沟通或适当策略去达成目标，而绝不是要改变上司行为。以团队整体利益出发，才有说服力。按近细远粗提出风险控制意见，容易成功。

向上管理的关键在于：用简便方法与上司建立动态沟通，如：短讯、E-mail、简要主题书面或口头沟通，重大决策前集中完整汇报，等等。不要冷眼旁观，也不要像向日葵一样一味仰望顺从，应及时主动给上司以反馈，贴近上司，与之建立伙伴关系，并提高自己在团队中的能见度，降低犯错概率，提升在团队中的影响力。

【"限塑令"重灾区菜市场日耗 10 亿袋】

虽然在正规大超市难觅塑料袋踪迹，但菜市场依然是"限塑"的重灾区，仅北京每年废弃的塑料袋约23亿个，一次性塑料餐盒2.2亿个，废旧农膜675万平方米，成"白色污染"的重要来源。

塑料的可塑性、对木材等天然材料替代性、经济性很强！其对环境的污染源于使用不当、回收利用不当！大量使用纸和木材更破坏环境与资源！在德国，把精力用于回收利用！降级使用！不来梅钢铁厂在炼钢中大量使用废旧塑料替代石油燃料，既经济又环保！收回塑料加工后可在建筑、筑路中大量使用！

困惑，是思维进入峡谷后的对峙，是冲过激流乱石的思维苦斗，是反思与抉择的阵痛和骚动；困惑，是智者之智慧思索与坚定追求！困惑，是愚者无知之茫然，自我唯心之愁苦，人云亦云之盲从，走向偏执之先兆。要奋臂劈浪冲出困惑漩涡，须冲刷陈观杂念，须披荆斩棘冲出误区！困惑将孕育新抉择、提升新境界！

【 **管理者思考** 】

1.点子不在于多，而在于执行，三流的点子加一流执行力，永远比一流的点子加三流执行力更好；2.待遇不是让下属忠心的唯一方式，感情投资是在所有投资中，投资回报率最高的；3.授权就像放风筝，部属能力弱线就要收收，这时你做的是教练，部属能力强了就要放放，这时你做的是仆人。

言之有理，言之有悟，言之有助！

想干事，是一种状态，一种激情，凡事想开了，才会有希望，不想则一事无成。能干事，是一种能力，一种胆识。干成事，是一种追求，一种效益。不出事，是一条底线，一种坚守。

想干事→能干事→干成事→不出事！

【培养团队融洽关系五技巧】

1. 赞美：理性的认可是激励的一剂良药；2. 鼓励直接表达：助于培养成员的主见意识，增强自主能动性；3. 互相信任：推进团队前进的潜在动力；4. 批评对事不对人：公私分明，在感性中将问题最小化，结果最优化；5. 重视问题：问题是向导，重视问题就是寻找答案的第一步。

团队融洽是提高执行力的重要前提与基础！

【为了你的人际关系，请注意你的说话语气】

请记住会让人生气的不是人的话语，而是人的语气。一句不让人生气的话，用蛮横的语气来说，会让人很生气，而一句很让人生气的话如果用温和语气来说，不但不惹人生气，相反能促进友谊。

语气要平和，口气要适当，语调要婉转。

78% 受访者称社会道德滑坡，做好人成本高，会吃亏。如何营造做好人的环境？调查中，72.1% 的人表示政府应制定相应制度，不让好人吃亏；70% 的人指出要营造好人受羡慕、受尊敬的社会环境；62.5% 的人指出要加强宣传引导，让好人有榜样作用；57.9% 的人认为每个人从自身做起，不以善小而不为。

值得关注！值得反思！出路在于：人人从自身做起，积小善成大善！

对领导者与管理者来说，会遇到参谋型、执行型、复合型等不同类型的下属。有些人执行力很强，分享传递经验及与他人沟通能力也很强，但在管理类、研究类职位方面的发展潜力较低。对某些方面低潜力下属，应扬其所长，避其所短，低潜力者实际上是放错位置的人才。用人得当，人尽其才；用人失当，利用率低下，流失率增加。

【 事业境界 】

尽心履职无所憾；真诚待人无所愁；洁身自好无所虑；心胸坦荡无所悔；存异求同无所怨；携手同行无所忧。

【 企业用人境界 】

以合理待遇与绩效激励留住基础员工；以情感交往与职业发展阶梯留住中间骨干；以共同事业与合作平台留住高层战略合作伙伴。

在短缺经济时代，"用人不疑、疑人不用"成为用人之道之通行法则；在过剩经济的今天，则不然！应该以"用人得疑，疑人得用"！关键在于：理性疑，感性用！公开疑，透明用！在人员流动性大的条件下，用人不疑对企业不负责，疑人不用对企业行不通。个性化与制度化结合，企业基业方可长青！

【 用人之策 】

1. 善于发现人才之长处，用其所长，不求全责备；2. 倾情呵护，包容其个性，从容大胆委以重用，慷慨使用，提供施展才干之舞台；3. 赏识使人成长，谴责使人成熟。多赏识，少谴责；4. 用其长，容其短；常沟通，勤提醒，"刀子嘴，豆腐心"。

【 企业经营与管理中的阴阳之道 】

1.董事长在谋划战略，CEO在制订与之配套的策略；2.董事长在研究经营之道，CEO在探索管理之术；3.董事长在感性地煽动，CEO在理性地执行；4.董事长在外向性地激励，CEO在内向性地操作；5.董事长在积极思考，CEO在不断实践。哥们儿，你找到相辅相成、相得益彰的另一半了吗？

短缺经济时代，效率是企业提高盈利能力之关键；过剩经济时代，效能是企业持续盈利能力之所在。不计成本的扩张让位于精打细算的运营，占山为王的时代结束了！

短缺经济时代，"速度第一"成为成功企业之黄金铁律，成为过去30年众多企业成功之道，速度造就了增长规模，造就了巨大市场蛋糕，也成就了企业团队之超常规，跨越式增长；过剩经济时代的到来，母猪不再飞上天，战略，转型，创新关乎生死存亡，优胜劣汰。抢占先机之敏感让位于深思熟虑之沉淀！

　　长期的短缺经济，造就并养成了急功近利，造就了客户与商家彼此不信任，也造就了"消费者贪图便宜，不求品质，企业家不计行业整体长期利益，只求抢占先机与份额"的价格大战，更造就了炒作与混乱的视听和市场环境。在"速度第一，规模为上"所导致的南辕北辙中，人们已普遍适应了速度的脚步，稍慢则心生愧疚！

　　短缺经济时代，"能人"作为市场中最稀缺资源；进入过剩经济时代，团队取而代之，英雄主义传奇让位于团队并肩协作，"能人"独步武林的绝招不再灵验。当"能人"从创业者转型为企业家时，经营管理变量越来越大，竞争越来越激烈，依靠团队作战方式成为唯一出路。这不是"廉颇老矣"，而是团队竞争时代之到来！

　　"条条化"管理模式不适合规模较大的企业。当企业发展达到一个规模时，事事都等总部决策、靠总部"千里飞人"来处理，会贻误战机。设分支机构，实行适当"自治"成为必然选择。这就难免回到"块块化"管理老路上去。出路在于坚持"条块结合，先条后块"原则，在区域内形成职能的专业化分工，并做好"块块化"必要准备。

【午间分享—"花钱矩阵理论"】

花自己的钱办自己的事，既讲节约，又讲效果；花自己的钱，办人家的事，只讲节约，不讲效果；花人家的钱，办自己的事，只讲效果，不讲节约；花人家的钱办人家的事，既不讲效果，又不讲节约。

——美国著名经济学家弗里德曼

关乎投资体制机制设置。

【问题导向与优势导向】

在现实工作中，领导者和管理者几乎都自觉或不自觉地把自己当成不戴红袖章的"纠察"！每天忙于发现、防范问题，围着各类问题绕圈子。结果是：问题越抓越多，周而复始、层出不穷。问题之症结何在？只关注问题，不注重发现、培育、运用身边员工、团队、企业的已有优势、潜在优势，事倍功半！

着眼未来：砍柴不负磨刀功，规划先行！立足当前：磨刀不误砍柴事，重在行动！

病毒对健康的贡献是强化了生物免疫能力！经济危机的正效应是提升企业的转型与创新能力！应对危机，更多商业模式创新应运而生，如：减少中间环节的商业模式、更有效的分销模式，更多满足成本控制要求的新技术等，促使企业向价值链前端发展。模仿式扩张不再吃香！创新转型备受关注！

【容易成功的能力】

1.解决问题时的逆向思维能力；2.考虑问题的换位思考能力；3.强于他人的总结能力；4.简洁的文书编写能力；5.信息资料收集能力；6.解决问题的方案制定能力；7.超强的自我安慰能力；8.岗位变化的承受能力；9.勇于接受份外之事；10.积极寻求培训和实践机会。

能力是成功的基础条件，努力是成功的必要条件，机遇与运气让能力与努力转化为成功！

【 **人才工作三件法宝** 】

一曰待遇留人；二曰情感留人；三曰事业留人。对嫉贤妒能的、"武大郎开店"式的领导者和管理者来说，很难做到。这"三件法宝"若仅仅停留在"口号"则不起作用，唯有落实于行动才能彰显其魅力！

能力＝能思＋能言＋能干；弹力＝能屈＋能伸＋能变；耐力＝能进＋能退＋能忍。

【五个不宜深交的职场人际】

一、交浅言深者不可深交；二、搬弄是非的"饶舌者"不可深交；三、惟恐天下不乱者不宜深交；四、顺手牵羊爱占小便宜者不宜深交；五、被上司列入黑名单者不宜深交。

不宜深交者，虚交之，浅交之，远交之，疏交之！

夫君子之行，静以修身，俭以养德，非淡泊无以明志，非宁静无以致远。对自我而言，改造自己，总比禁止别人来得难；但对公众而言，改造个体自我比改变大众容易得多。若每个人能从改造改变自己做起，则必然事半功倍，小动大为，小成大胜，多盈共赢！

早听说有句话叫"摸着石头过河"，可最近才知道，是有些人只负责摸石头，另一些人负责过河。负责摸石头之人与负责过河之人，过程不同，结果也不同！

在学生时代，大人们总教导孩子们先确定理想、定位、目标，学这学那。其实均是必要条件。充分条件何在？现实中少见照此理论模式成就辉煌人生的。磨练、历炼却往往更能成就伟人与大业！人生多为机缘造化，正所谓大器天成！时势造英雄，而后英雄又造时势！

【一个对提高自己创造性思维行之有效的方法】

每天写下三页自己心中的困惑与想法，无论想到什么都行，想到哪儿写到哪儿，不要犹豫、不要修改。这种具有"思维垃圾清理机"作用的方法，会帮助你把自己负面思维清理出去，从而给自己以后的创造性思维提供良好的空间与基础！不妨一试哦！

【人生十个关键词】

1. 定位：把握方向；2. 人格：凝聚力量；3. 品味：品味决定高度；4. 选择：选择决定命运；5. 进取：进取的高度与勤奋成正比；6. 取舍：学会舍弃方能得到；7. 进退：进退有度方能游刃有余；8. 压力：潜能在压力下迸发；9. 完美：不完美才是人生；10. 情绪：不以物喜不以己悲。

关键点上原则把握，基本面上随机应变，前进路上携手同行！

干事业，就如同滚雪球！越往前推，雪球就会越滚越大！但是，一旦你停下了，雪球就会慢慢融化消失。这就是，许多企业家一旦创业成功，就再也停不下来了。

【上海的地沟油升天了】

荷兰航空将在中国购买2000吨地沟油，转化成航空用油，其一年需求量为12万吨。7月中旬左右，2000吨产自上海的废弃油就将开始它们的"飞天之旅"，在通过报关等手续后，这些油将被荷兰航空的技术人员加工成航空生物煤油，供飞机使用。

地沟油只要不用于食品中，应鼓励！这是循环经济与科技进步的成果！

中华文明历经五千年锻造，文明蜕变只是近几百年之事。当道德与法制的防堤溃败，教师、医生、作家、企业家乃至政治家和官员，都将沦为名利之猎手，市场之筹码，骗子之人质，潮流之俘虏，广告之奴隶，世俗之包装，暴力之同谋！五十年，一百年后，除了精神生态之满目疮痍，心灵世界之荒凉苍白，我们还能留给子孙们什么?!

科技进步并不能彻底改善人类生存的基本与根本困境。面对自然与社会生态环境的日益恶化，政治的游戏与喧嚣、铺天盖地的信息泛滥，无处不在的欲望横流，可怜无力无助的弱势个体，一切的一切何其渺小与无奈!到处充塞伪专家的鼓噪，解构者压倒建构者，评论者强奸担当者，于是事实习惯性扭曲，真相习惯性流产……

做任何事其实都不难，难的是找到克服障碍、解决问题的方法。而方法永远比问题多！方法不会从天上掉下来，而是在学习实践中积累而来。

我国从农业经济为主转向工业经济为主花了近半个世纪。像上海这样的大都市从工业经济转向服务业经济为主势在必行。但在人们心里根深蒂固地埋下了，习惯了，固化了工业经济思维，思维惯性，行为惯性一时难以改革！国有企业国有经济的组织体系仍然是几大工业控股集团公司。

事实上，时至今日按工业行业和大类产品设立的各大工业集团和控股公司内纯工业制造成分已十分有限。上世纪70、80年代应对金融危机中，美国、欧洲等国纷纷把整机生产企业按事业部分折成股份公司，与金融资本结合，实现了组织结构、资本结构，市场结构的优化与升级！

单纯用物质手段、工程手段抓服务业、文化产业与事业是不够的，物质问题就该用物质手段去解决，如多拨款，多投资，多上大工程。但是，贝多芬、柴可夫斯基的交响乐，毕加索的画，泰戈尔的诗，请问哪一个是靠耗巨资，靠政府工程的产物？这些人类文化史上的丰碑，无非靠一个元素而成就：心灵之自由，文化繁荣繁华之源泉！

【领导者的六大重要能力】

1.判断什么是善。

2.抓住事物的本质。

3.创造共享环境。

4.把本质传达给员工。

5.施展政治才能。

6.培养他人的实践智慧。

【折腾论】

人的一生，要想成就事业，成就自我，成就团队，不能单靠运气，必然劳其心劳其体劳其神。一定要经得起折腾！折腾=体验，亲身体验是最深刻的能力与智慧。小折腾只能磨练出小人物，大折腾才能磨练出大人物。但决不乱折腾！

1. 象棋：中国政治象征，一切为了保帅。

2. 麻将：中国国民象征，互相算计，只为自己成功。

3. 围棋：中国思维象征，一切都是非白即黑。

4. 军棋：中国官场的象征，官大一级压死人。

5. 杂技：中国现状的象征，折腾来折腾去其实都是为了维稳。

6. 武术：中国军事的象征，架式吓人，近期没见制服过谁。形象生动深刻！

有道理。

读书可致远，善思能行远。真知灼见，源于学习实践，源于多思善疑。在学习与实践中，养成多思、勤思、善思、深思的习惯很重要。唯有如此，才能熟悉其内涵、领悟其要义、寻觅其规律、吸收其精髓，才能有新启发、新领悟、新作为、新局面！

学而不思则罔，思而不学则殆，思而不进则废。面对复杂多变的局势，需要"谋定而后动，知止而有得"，运用质疑思维，发散思维，横向思维，灵感思维，从广度宽度与高度上对问题表与根，解决方法与方案张网捕鱼，头脑风暴；在大胆设想时，敢于异想天开，奇思妙想，突破思维定势；在仔细求证中，归纳演绎，去粗取精，去伪存真！

【 **职场**箴言 】

跟对人，做对事，用对方法！

"每天多做一点"的工作态度，将会让你从同事中脱颖而出。

——哈伯德

　　其实人的潜能力是很大的，在困难面前勇于挑战自我，你会让自己意外；其实人的可塑性是很大的，在学习实践中不断提升自我，你会让自己吃惊。在行动中超越自己！成就自我！

【 行动是惰性的克星 】

　　木有行动，木有冒险精神，就绝对与成功无缘！其实，惰性，安于现状，不愿冒险，也是人性的组成部分。但行动力与冒险精神却是决定成功者与失败者的分水岭！面对机遇风险并存，失败者采取观望态度，而等到其想行动时，成功人士早已冒着风险行动并有所成就了！成功人士用行动消除惰性与风险。

【 成功的团队只计功劳，不计苦劳！ 】

　　成功的团队以结果和实效为导向，用实绩与实效讲话，用实际成果论功行赏！一个团队或成员，付出十倍于其他团队或人的辛苦和努力却木有业绩和实际成果，那么就不算有功劳！对只想要领导认可苦劳，不求功劳者，或以为只要有客观困难和理由就可不落实的团队或个人，理应追究责任！

现如今在市场经济利益场中拼杀角逐，人们与狼共舞，与金钱权力相恋；君不知经济振兴有赖于文化复兴之助推。在奔波人生中，常常潜心阅读，该有何等享受呀！在阅读中与人共处，在阅读中与世界相依。

在书香中度过闲暇时光，该有多美！避开喧嚣，放下躁动，隔断嘈杂，躲进书屋成一通，美矣！即便是草草阅读，轻松浏览，生吞活剥一番，但将意象留存心间，让滋养随年华绽放，让阅读随生命成长，与阅历融合生长，在工作与生活的不知不觉中被咀嚼，被吸收。你对事业的执著会增加几许灵气，在生活劳顿，平淡中增加几许美妙。

在这个世界里，人人都是从天堂到地狱的过路人，都只是路过人间而已。因此，对诸事诸情诸人：不要太认真，也不能太不认真；不能太计较，也不能太不计较；不能太执著，也不能太不执著；不能太在乎，也不能太不在乎；不能太靠谱，也不能太不靠谱。

明天再美好，也要等过了今天才会来。昨天再辉煌，也不能拿来与今天做交换。活在当下，乐在今天。把今天过好，便不会为昨天而负重；把今天过好，便不会为明天而担忧！

　　成功的人生，有赖于成长；成长，有赖于学习与经历；经历，是一种人生体验；人生，是一个努力追求幸福的过程；而幸福，其实是一种非常单纯的感觉——不要过于为昨日事而烦恼；也不必为明日之事而过于担忧！放飞梦想，放飞心情，放飞人生。

　　疲倦是最好的安眠药，忙碌是最好的解忧片，饥饿是最好的开胃菜，寂寞是最好的镇静剂，沟通是最好的润滑油，学习是最好的营养汤，协商是最好的平衡器。

【书法礼赞之一】

书法：是积垢层层的陶片，是斑驳陆离的甲骨，是绿锈莹结的钟鼎，是坚实巨大的碑刻，是圆浑的石鼓，是轻柔的缣帛，是长长的竹简，是薄薄的木牍。

【书法礼赞之二】

书法：是朴茂的《宣示表》，是质拙的《平复帖》，是《兰亭序》的欢愉，是《祭侄稿》的哀痛，是张旭的癫狂，是怀素的醉逸，是楼兰苍凉的文书，是古刹虔诚的写经。

【书法礼赞之三】

书法：是篆书线条的气接天地，是隶书点画的势通四方，是楷书结构的端方堂正，是行书姿态的潇洒自若，是草书自由驰骋之中喷薄而发的惊喜、狂怒、激动、郁愤、放达、自怜、豪迈、忧虑。

【书法礼赞之四】

挥洒之际，思接千载；黑白之中，视通万里；或如张芝以精妙称"草圣"，或如皇象以雄强列"八绝"，或如逸少以妍美创新样，或如大令以英俊成破体；或如鲁公吐忠臣之心声，或如苏轼抒诗人之豪情；或如徐渭发逸士之郁积，或如傅山坦节士之愤慨；或如沈尹默记文人之行迹，或如毛泽东显伟人之高怀。

【书法礼赞之五】

从甲骨之幽远，到金文之深奥；从秦篆之端凝，到汉隶之典雅；从章草之古拙，到魏碑之傲岸……汉风质朴、晋韵流美；唐法威严、宋意跌宕；态势互异、质文错变。历史艺术长河澎湃向前。波涛起伏，闪烁着鳞鳞金光、令人神摇、令人目眩、令人向往、令人感叹！

【书法礼赞之六】

书法很高贵，却从不是达官富绅装潢门面之牌匾；书法很清贫，却从不曾摧眉折腰向金钱名利乞怜；书法很美丽，但不是插满簪花的云鬓和涂满脂膏之朱唇；书法很平淡，但不是寡淡无味贴上时髦商标之"太空"水；书法很深奥，但非阴阳先生之奇门遁甲。

【书法礼赞之七】

书法很清纯，但非随风漂泊之云；书法很热闹，却不应是旧货市场上之喧嚣；书法很寂寥，却不应是与阳光无缘的暮菌朝蕈。

【书法礼赞之八】

当书法从人们生存的芳草地中萌芽，当书法从个人心灵的清泉中溢出，气质禀赋就是其滋生之土壤，功力学识即为其繁茂之营养。书法"如其学，如其才，如其志，如其人"不仅仅是人文关怀下的省视，也是艺术视角下的观照。

【书法礼赞之九】

书法之灵魂在于：从古至今书法最需要的是书法家的艺术真诚，是对伟大祖国的无比热爱，是对父老乡亲的赤诚忠义，是对艺术追求的献身精神，是对书法本身的人文关怀！是中华民族的生存智慧，是传统文化之精华，人生之芳草地，艺术家的心路里程。

【书道、商道、政道、人生道，道道相通】

书法艺术是自由艺术，职业之余学点艺术，能愉悦生活，放松心情，抒发情怀，解脱心绪，空灵心境，提升精神纯度，人生境界。学会用艺术精神去观照本职，用艺术方法去框定事理，以增强工作，为人处世，处理问题之艺术性，定会令自己轻松惬意，超迈无限。为艺为人融合，书道事道相通。

【 诗的秘密与规律 】

1. 诗的一般规律：画＋说＝诗。如王之涣的诗，前两句，"白日依山尽，黄河入海流"，是画；后两句，"欲穷千里目，更上一层楼"，则是说。大多数古诗均如此。2. 也有例外，有名的诗："敕勒川，阴山下，天似穹庐，笼盖四野。天苍苍，野茫茫，风吹草低见牛羊。"全是画。用文字画，画出情感。3. 孟浩然的"春眠不觉晓，处处闻啼鸟．夜来风雨声，花落知多少？"诗中无画，全是说，属特例！妙手妙品的好诗＝诗中有画＋诗中有说且能控制说话＋画与说很贴切＋画外有音＋话外有话。格律化的文字并不等同于诗！诗之妙不可言在于有口说不出的意思，想去却是必真；似乎无理，想去竟是有情有理！

【**快发展与慢生活**】

1. 在当今社会中，不少忙人、大忙人总觉得时间紧张，终其日月年，匆匆忙忙，手足失措，常常大呼小叫累死了、累死了。他们卒以生活之快而不知生活之美，遂反其思，希望生活慢一点，以祈在从容之中提升生活之质量。其实，生活之快是物竞天择所致。

2. 快生活往往对应快发展，然而这个快发展也蒸发掉了人们生活之余暇，逼仄得让人窒息：超过 73% 的中国人休闲极少，8% 的人根本木有休闲。中国是全球人均健身不足国家之一。快生活潜藏着深不可测的危机，包括人的心理障碍。

3. 越是远古，生活越是散淡舒缓。在几十万上百万年以来漫漫岁稔，人们的生活节奏和秩序是以自然之变化而形成的，并应和着自然。循自然之轨建立起来的慢生活，也应和着人之脉搏心跳。慢生活符合人的天性。日出而作，日落而息，欲狂欢便秉烛夜流，睡觉以自然醒为妙！慢生活多么令人向往！

4. 如今，人们为生存与发展不得不身陷快生活的漩涡。工业化、全球化、信息化为燃烧着的快生活添柴加油。快生活如时代潮流大浪滔滔，不过还是可以自我调节而放慢一点，甚至昂然成为生活欣赏者、享受者，偶尔当当旁观者，否则须臾鬓白，一朝老退，临终而悔！

5. 脱离快生活并无高招妙计，只需：让灵魂与心灵畅游于艺术世界、山水之间，让身体放松于运动健身之中，让言语之劳口，钱财之劳脑，案牍之劳形，皆暂且放下，何乐而不为呢？试学苏轼，吹水上之雄风，照山间之柔月，或收藏几件古玩，游览一下古迹，透过历史之窗可借之返望艰辛过往，释怀心中之负累！

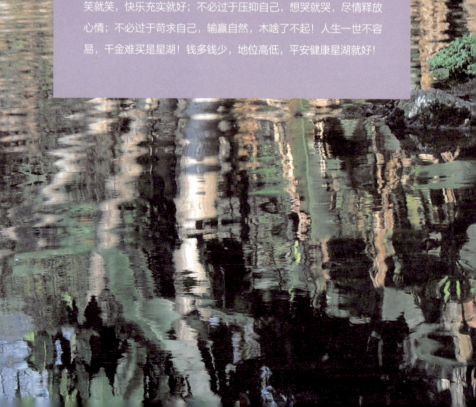

【学会先付出才能与成功有缘】

人生就如同一场情节跌宕且充满悬念的戏剧，身处其中之人往往容易在等待与犹豫之中错过美丽。"该出手时就出手"唱出了其中真谛。其实，幸福与成功就在你身边。当你想付出时，机会已从你身边轻轻划走，留下的只能是悔恨、遗憾！

时间面前人人平等。每个人每天拥有同样的时间量，并同样不可增减、不可缺少、不可贮存、不可替代，但时间可以管理。成功者依靠有效的时间管理，能在与他人同样的时间内获得更大的时间价值与生命价值。

人生在世不容易，人生在世木来世，不必过于约束自己，该笑就笑，快乐充实就好；不必过于压抑自己，想哭就哭，尽情释放心情；不必过于苛求自己，输赢自然，木啥了不起！人生一世不容易，千金难买是星湖！钱多钱少，地位高低，平安健康星湖就好！

独处不等于孤独，在人群中心灵的孤独才是真正的孤独。心若没有栖息的地方，到哪里都是流浪，有多少人相聚都是孤独。

21世纪，人们必须做的六件事：学习、创意、创新、创业、旅行、网购！

放下压力，让好心态常相伴；放下烦恼，让快乐永相随；放下自卑，让自信心永远在；放下惰性，让进取心永不弃；放下狭隘，让心胸宽广无限；放下抱怨，让好心情天天在；放下犹豫，让行动带来成功！

木有远见，就会寻短见；只有远见，就会有成见。

书法艺术需要在技法层面进行探求，更需要在精神层面不断体会与感悟。艺术属于社会，快乐属于大家，感悟总是自己的。在当今社会一派浮躁之气，烦嚣之病盛行之下，能在忙碌之余浸淫钟情于书法艺术，真是一种莫大的享受！这让我们放下压力，暂离喧嚣，拥抱宁静，享受寂寞，守护本真，让自己能寻找到精神慰藉的一片绿洲！

【学会让人生多姿多彩】

让自己拥有3D人生，使人生立体化、动态化、多样化，使人生包含社会人生、职业人生、政治人生、艺术人生、人文人生、技术人生等更多维度，体现自己政治人生信仰之所系、社会人生道义之所维、艺术人生情境之所依、职业人生追求之所在。书法艺术是最能体现、提升与纯优人生境界的爱好！

【立德、立功、立言】

我国古代有立德、立功、立言的"三立"之说。立德，需要一世之人格修为；立功，则要提着脑袋去冲锋陷阵；立言，要读书读到白发苍苍。如此看来，在古代要做到"三立"皆是太难、太危险、太辛苦之事！现今，人们已不谈"三立"，只求立"名"，便可立命，可以吃香的、喝辣的，过上上乘日子！

　　木有哪个小人自认小人，也木有哪个小人公开承认是小人。善于伪装包装的小人总能顺应时势与公共道德塑造外在形象，隐藏面目，掩盖动机，做出似是而非的表面文章，把水搅浑以浑水摸鱼。犹如白骨精以美女形象显现，不易识别。自古有雄才大略帝王垂青小人的，也有自为小人的帝王与小人天然默契，一拍即合，沆瀣一气的！

　　小人的产生与存在，是一种社会历史现象，有其内在与外在原因。特殊成长经历和性格特征是铸成其内在因素。外部环境因素，则正面刺激并促成其产生与发展。专制社会是滋生小人之温床。小人善伪装，但在公民社会，法治社会，小人可得志一时，不能得志一世。小人得志机会多少取决于民主政治与法治建设，社会文明进程高低！

【 太书生，难做事；太信书，难成事 】

　　要成就关系复杂，因素众多，涉及面广之事业，光有书本和专业知识不行，有时需"不讲理"，"得罪人"，敢碰硬，甚至需些"匪气"、"霸气"！读书越多越少霸气。书上只有台前木有台后，只有显规则而木有潜规则。书上说的通常是大众逻辑，弱者逻辑，而唯有一针见血，能做不能说的才是强者逻辑！

【 追求 】

科学上的追求贵在真，工作上的追求贵在实，友情上的追求贵在诚，道德上的追求贵在善，艺术上的追求贵在美。

【 人生路上 】

把得失看得淡一点，把责任视得重一点，把眼光放得远一点，把勇气鼓得足一点，把团队凝聚得紧一点，把工作做得实一点，成功就在眼前，胜利就在前方。

人无数，唯投缘者为佳；谊无尽，唯适己者为悦；爱无穷，惟知音者为贵；情无量，唯真诚者为重。

【 保持积极心态，远离负面言论 】

我们无法选择环境，但我们可以选择心态。面对同一环境，积极心态总是让你主动向积极的方向靠拢。要让自己抱定积极的心态，就要让自己多读励志书籍，多与积极向上的人士为伍，远离负面言论，用坚定向上的信念过滤身边的事物。

【可以失足，不要失信！】

做错了事可以补救，但是如何在大家心目中失去了信誉，也就失去了人心和机会。失足可重新站起来，失信则可能无法挽回！

人生中遇到平坦笔直的大道，抓紧前行，顺境中保持稳健，不可得意忘形；人生中遇到曲折艰难的小路，稳妥前行，曲径中欣赏美景，坚信大道在前！

你的主人是你自己，你的心态则是你真正的主人。

当你面对困难、烦恼、迷茫，请一定要沉着坚定！其实，人都是逼出来的，相信自己，时势造英雄，英雄造时势，穷者思变，克难奋进，人只有面对压力才会拥有真正的动力！

这一秒不放弃，下一秒就会有希望。

　　一个人，不管 Ta 有木有比较高的学历，也不管 Ta 从事的是什么样的职业，只要 Ta 能认真读好书，能不断地将合理科学健康的人生态度，正确高尚进取的行为准则以及高雅向上的情趣融入自己的生活，并且能表现在生活实践的各个方面，Ta 就是一个真正有书香气的人，这样的人起码会坚持其基本的文化水准，文化良知，文化趣味！

　　年轻人，有梦想才会有更美好的未来：第一步，先要满怀憧憬地筑梦；然后跌宕起伏、百折不挠地追梦；最后千锤百炼、锲而不舍终于柳暗花明地圆梦！原动力、学习力、亲和力、行动力将成就人生。

【 收入差距过大问题必须高度重视、切实解决 】

国际经验表明，收入差距过大，会损害社会公平正义，挫伤低收入群体的劳动积极性和社会认同感，影响社会阶层间的关系，既不利于经济健康运行，又不利于社会和谐稳定。关键在于解决不均、不公问题。公平与效益兼顾是人类社会永恒的主题。

团队执行力是强调战略、战术、策略、行动等执行的统一，战略代表方向，战术代表方法，执行讲究高效。执行不力是团队最大的成本，任何局部以局部成本为名而执行不力，均是在以小成本换大成本，在破坏大局；执行有力，即便付出局部代价与成本，却换来整体效率、效益、效果，为大局赢得整体利益，功不可没。

【关注：国内外经济下行压力大不少中小微企业纷纷倒下】

　　究其根源，三分是市场萎缩等"天灾"，七分则是市场经营不善、团队管理不力、执行力不强而积累大量内外问题等所致，是"人祸"！只是一经市场不景气则才被暴露无遗而已。

【只要有一个环节和细节执行不到位，就有可能造成满盘皆输】

　　正如西方谚语所描绘的那样：丢失一个钉子，坏了一只蹄铁；坏了一只蹄铁，折了一匹战马；折了一匹战马，伤了一位骑兵；伤了一位骑兵，输了一场战斗；输了一场战斗，亡了一个帝国。可见，执行力决定团队软实力，决定成败！

【 追求卓越之"三追求" 】

求事业激越成功而不盲从；求为人淡定笃信而不聒噪；求生活丰富多彩而不肤浅！

【 领导者之变革力 】

1. 拥有聚合团队之心；2. 拥有整合骨干之力；3. 拥有集合变革之策；4. 拥有组合组织之功；5. 拥有激合动力之源；6. 拥有结合未来之势。

【 领导者身边骨干与心腹 】

骨干不等于心腹。通常，有能力者往往最具思想性与独立性，能担当责任，令人放心者谓"骨干"；"心腹"则往往与领导者的信任度与忠诚度画等号。有才能者为"骨干"，被信任的则为"心腹"！德才兼备为顶级人才。"心腹"不等于有德。有德是忠诚事业、忠诚组织、忠于领导者的有机统一！

【 **团队执行力之祸根：管理断层！** 】

管理断层有三种：1.部门内部不分层，一肩挑、一言堂；2.层级健全、层层断层；3.层级健全、上层衔接顺畅，底层断层。

【 **企业实力** 】

资源性企业实力=软实力+硬实力，即企业拥有资源及能调动的潜在资源的总量；能力性企业实力=软实力×硬实力，即企业将软实力与硬实力持续结合，不断创造先进硬实力，推动企业科学发展的独特能力。在企业核心实力中，硬实力是企业运用软实力整合、改造、创新的对象，软实力是其灵魂与发展引擎。

【 **Time 是这样子浪费掉的** 】

1.缺乏计划；2.木有目标；3.拖拖拉拉；4.办事抓不住重要；5.说话不得要领；6.事必躬亲；7.工作虎头蛇尾；8.总是三心二意；9.忙于应酬；10.常常丢三忘四；11.缺乏条理与整洁；12.总在找这找那；13.简单事复杂化；14.懒懒散散；15.浪费他人时间不愧疚。

社会稳定是国强民富之前提与基础。静态稳定是暂时稳定，隐藏着不平衡、不稳定；只有动态平衡与稳定才是真正的稳定。当社会管理者炫耀"摆平"、"搞定"之时，其潜台词就是不平衡、不稳定。社会稳定之真谛与秘诀就是：不断从失衡到平衡的过程，要求管理者能在不平性中动态把握社会相对的稳定性！

【 竞争策略：以快制胜、唯快能赢 】

百招有百解，任何招式都是可以解的，只有速度不能破解，唯有快才是绝招，才是武功之最高境界。更早、更快，就意味着领先对手，夺得了时间的优势、资源的优势和市场的优势。

【 节省时间=延长生命 】

节省时间，你就能在有限的生命里做更多有意义、有价值、有成效的事情。这就意味着，你的生命更有价值和意义，更有效率。这就等于你延长了自己的生命。GoGo 加油。

"早起的鸟儿有虫吃"。只要你主动出击，做时间的主人，早做规划与谋划，率先采取行动，你定会抢得先机，在激烈竞争中拔得头筹。事实已证明：走在时间前面的人，永远是竞争的胜利者。

【 领导者应具有的七种信念 】

1.充分信任：是种感觉，意味着一种情感，更是对他人的一种肯定；2.相互尊重：把沟通交流建立在尊重与包容基础上；3.给予机会：成就大事者=机会+能力；4.懂得授权：授权=适度放权+有效监督；5.学会关怀：是种爱，美与荣誉的力量；6.实现公平：公平带来有效；7.有效激励：激励带来希望与效率。

【 领导者应有的八种行为 】

1.认同文化：视文化为思想源泉，发展根基；2.充满激情：有做事的动力和上进心；3.善于思考：成功，85%靠智慧，15%靠技术和能力；4.以身作则：让下属信服并尊重你；5.计划明确：好计划=50%成功；6.迅速行动：拖延是最大不足；7.检查督导：问责问效，督办指导；8.激励下属：一流成绩来自一流激励。

【 创新原则与方法 】

1.别人有的，我去改进；别人木有的，我去创造。2.创造极端方法之一：逆向思维或反向思维方式；3.创造极端方法之二：原点式思维方式，回到原点重建价值观；4.创造极端方法之三：联想式思维方式，把不相干的事物联系在一块儿，等同于重新建立一个系统。

【 心件理论之要点 】

做人做事需要三件：硬件、软件和心件。前两者不陌生，后者是指用心做好每一件事情的意思。其核心是：用心做人，用心做事。心件建设，是指从人的内心出发，将人的潜能激发并外化，形成团队持久前进动力。心件建设之根本目的是：提高团队凝聚力、向心力，提升团队整体素质水平。

【 心件=团队文化 】

团队文化建设也要从人"心"开始，内化于心、固化于制、外化于形，提高团队凝聚力、向心力、执行力，提高士气，达到提高团队管理绩效和个人管理能力的目的。

【 心件=人本管理 】

所谓人本管理，指的是：以人为中心，在工作中突出人的主体地位，更为强调尊重人、关心人、理解人、信任人，以充分激发人工作中的积极性和自觉性，挖掘其潜能为目标的人本管理思想。

【 心件的用心服务含义 】

1.员工用心对待客户；2.企业用心对待员工；3.员工用心对待工友；4.企业真心实意服务客户；5.员工诚心诚意对待企业。

【 心件建设的具体表现 】

关心、用心、精心、细心、贴心、耐心、热心、全心、诚心、向心、真心、凝心、恒心。

争斗，是人类的本能存在方式；和合，是人类的智慧发展方式。不以物喜，不以己悲，恪守淡定，切忌功利，大爱无疆，大道通天！向往博爱世界，呼唤智慧人类！地球村的"野小子"不再到处制造对抗、到处挑拨对立之日，定是人类共福、天下太平之时。

【 职场心雨 】

高度决定视野，态度决定人生，气度成就事业。

【 组织智商 】

当今市场经济大潮中，机遇挑战并存，靠过去那种老办法老路子经营企业已明显不行。靠组织智商，即实现把一个大脑管众多大脑的老办法转变为多个大脑一起思考、一起解决问题、共同提高、能力上互补互学，实现集成创新、团队创新、系统创新。

在部队里，官兵反复训练并熟悉"预备、瞄准，射击"，但在现实中，大多数人一辈子在预备、瞄准，因为怕打不准，而一次次失去了射击机会。这就是为何少数胆大的人放手一搏而屡屡成功，而多数慎重有余、怕担风险的人，一次次与成功无缘！变"预备、瞄准、放下"为"预备、瞄准、射击"！敢字当头、大胆心细，为上策！

【人生以"做"为上策】

人生在世，不外乎：五分做人，三分做事，两分做"秀"！做人是做事的基础与前提，光做人不做事则无法生存与发展，光做人做事不会做"秀"，则事倍功半。无论怎么样，不做是人生最大的成本，等待是人生最大的风险。

商场、市场中，一半是利益，一半是人性！太功利，且常纠结！足球比赛的最终结果是把球打进门，如果把规则改为直接发点球，虽刺激、高效、直接，但少了艺术性、技术性对抗！形式与内容的有机统一，是竞争项目的主要方式。

【易被未来淘汰者】

1.木有理想和目标者；2.不懂合作和自持清高者；3.适应性差和固执己见者；4.犹豫不决和得失心过强者；5.心灵封闭和自我设限者；6.不重资讯和知识面过窄者；7.木有礼貌和待人接物能力低下者；8.缺乏信仰和消极思维者；9.利欲熏心和过度追求享受者；10.不懂施舍和只会妒忌者。

　　小时候，老师教我们，从起点到终点，直线连接，效率最高；但长大后，在经历现实工作与生活历练中发现：两点之间最近的往往不一定是直线，常常崎岖蜿蜒。要实现理想、到达彼岸，既一往无前又适时转弯，审时度势调整路线。尤其在山穷水尽之时要及时转弯，才能柳暗花明又一村！

　　人要有"登泰山而小天下"之大格局，才能容纳不同人才，才能聚合不同要素，才能摆脱蝇头小利之束缚。培养大格局者，先要善养浩然之正气方有可能。诸葛亮认为，大格局和浩然正气，源于"忠君爱国，守正恶邪"，即爱国主义和对正义之坚持！

　　人生不如意事，十有八九，成败乃人生常事。遇到挫折不动摇，不消极，才能化消极因素为积极动能，最终促成"失败是成功之母"的转变。正如孟子特别强调的"富贵不能淫，贫贱不能移，威武不能屈"。对真正能成就事业者而言，挫折如"逆增上缘"，是磨练自己意志的机会，故而不怨天不尤人，积极面对人生的困境。

【始于务虚，归于务实】

在学习实践中求觉悟、求智慧。孟子曰："尽信书，不如无书"。诸葛亮也认为："惟务雕虫，专工翰墨，青春作赋，皓首穷经；笔下虽有千言，胸中实无一策"，洋洋万言，其实无用。故，始于务虚，归于务实为上策！

【大道通天，人和为本】

孟子有"天时不如地利，地利不如人和"之名言，而"人和"是成就事业、成就人生之关键因素。孟子还说，"得道者多助，失道者寡助。"故，要实现"人和"，必须把个人追求成功的过程转化为以"得道"为目标，得众人之心，以众人之心"观照"自身言行，满足众人之心，得众人之认可！

【企业家也应惠民利民】

正如老子所教导的那样，"圣人恒无心，以百姓之心为心"，企业家也不能以自身利益为中心，而只能以天下百姓之利益为中心，以天下百姓之日常生活得到满足而满足。唯利民惠民，才能得到天下百姓之拥护，企业家所面对的市场才会无限广阔！

知识不是木有用，而是有木有去用、用在哪儿，怎么去用、如何用好。

职场是竞技场，优胜劣汰是常态；职场也是人际场，学会感恩是法宝。当今职场人之文化、技能、知识等相差无几，唯有靠德取胜避汰！职场胜者皆懂得感恩伯乐、感恩组织和感恩团队；远离自我陶醉，远离张扬跋扈，远离刚愎自用，远离孤家寡人，远离众叛亲离；厚德者服众，厚德者聚人。

【追求正确价值取向】

周鹤龄的"四个纠正"：1.纠正崇拜权力、轻视民意的价值取向和行为方式；2.纠正崇拜资本、轻视劳动的价值取向和行为方式；3.纠正崇拜关系、轻视原则的价值取向和行为方式；4.纠正崇尚家族、轻视集体主义的价值取向和行为方式。

【忙人学习捷径：学会速读】

速读方法：看目录找重点、选读、略读、泛读、跳读，找关键词、带问题专门读，等等。掌握这些方法，助你工作、休闲、读书三不误，使你在有限时间内快速学习、高效学习、轻松学习！

【读书好习惯：勤做笔记】

好记性，不如"滥笔头"。把书中重点标记出来，写下体会、对工作帮助及工作改进措施等。这样，学以致用，学实并举，以学养心，才算真正把知识学到手、工作见实效！

【中小微企业融资创新之路】

1.组建政银企合作下商业合作社；2.建立国资平台与政府支持平台、政银企合作平台下的公益性中小企业融资市场；3.积极稳妥发展国资、民营、混合等不同类型的担保、小贷公司；4.建立政银企合作下开发性金融小贷合作机制；5.探索中小微企业联保贷款、应收款融资、供应链融资等。

【职场"三定"】

找准定位，认真履职尽责；把握定格，始终坚持标准；修炼定力，不断提升境界。

【转型期政府、企业均要强化"四感"】

在社会、经济、政府、企业加速转型期，特别是国际国内经济下行压力持续加大背景下，政府、企业均应切实强化"四感"：1.强化来自内外的压力感；2.强化现实与潜在的危机感；3.强化时不我待的紧迫感；4.强化转危为机、稳中求进的驾驭感。

【以点带面】

善思致用，以减少"盲点"；关注民生，以聚焦"焦点"；抓大放小，以突出"重点"；创先争优，以多出"亮点"；推陈出新，以形成"热点"；攻坚克难，以破解"难点"。

【 经济社会转型期领导方法应率先转变 】

1. 要在强化全局意识上有大提高；2. 要在开阔视野上有大突破；3. 要在自我修养上有大提升；4. 要在增加长宽高上下功夫；5. 要在锤炼刚柔韧上下功夫；6. 要在追求真善美上下功夫；7. 要在惠民利民上下功夫；8. 要在开拓创新上有大作为。

学会沟通，努力形成团队合力；学会释怀，以从容跨越误解与挫折；学会宽容，用阳光照耀别人温暖自己；学会隐忍，为自己留下海阔天空；学会简单，让美丽和幸福在简单中常在；学会理解，以换位思考赢得不同世界。

【 哪些人木法成为企业家？ 】

过于自私之人，也木智慧；情绪过躁之人，也木领导力；只知爱自己之人，也木有凝聚力；说话行事木有逻辑之人，也木有组织能力；自律能力之人，也木管理能力；木运营能力之人，也总是错过机会；对未来不敏感之人，只会成功一时；不能融入并引领社会之人，会被社会淘汰。

【贫富之别何在？】

穷人偏向消费，富人关注投资；穷人钻研技术，富人学习管理；穷人多买彩票，富人多买保险；穷人害怕风险，富人追逐风险；穷人消磨时间，富人利用时间；穷人爱走亲戚，富人爱交朋友；穷人常常说的多，富人常常做的多。

【自学能力是关乎生存与发展的大事儿】

1.养成终身自学能力；2.不断接受新知；3.不断自找不足；4.不断修正完善；5.及时调整知识体系；6.及时总结经验教训；7.建立自我反馈调整机制；8.靠不断成长争取不断成功。

【学习效能在于"做"】

听能吸收20%；"说"能吸收50%；"做"能吸收70%.学以致用，学实并举，是最为有效的学习方法。

【职场技能：建立合理的目标管理体系】

1.前一天晚上完成次日明确目标的设定；2.上周五前完成下周具体目标的设定；3.上月末前完成次月重点目标的设定；4.上年11月30日前完成明年重要目标的设定！凡事预则立，不预则废。

【领导者威自何来？】

1.讲政德以树威，用人格魅力来感召众人；2.展才干以增威，用远见卓识来调动众人；3.靠作风以壮威，用良好风范来凝聚众人。

【 **领导者的风范何在?** 】

领导者应有三像：1. 应像大海一样，海纳百川、有容乃大；2. 应像湖泊一样，明澈通达、廉洁可敬；3. 应像小溪一样，默默无闻、甘于奉献。

以德结缘，塑造领导者的人格魅力；以才结缘，锤炼领导者的率众能力；以诚结缘，培养领导者的融合能力；把握导向，提升领导者的向心合力；履职尽责，提高领导者的调控能力；慎言谨行，保持领导者的免疫能力；善于欣赏，增强领导者的柔性实力。

在当今社会中，随着社会民主程度的提高，民众政治参与度的提高，网络社会信息化的提高，领导力变得越来越分散化、柔性化、多元化。领导力与被领导力的相互作用成为决定领导力的核心因素。

当今社会正在发热：1.公务员热，全世界最难考的莫过中国公务员；考大学，三人中考一个；考博士，二十人中考一个；考中国公务员，几千人中考一个。公务员热反映市场力量抵不过公权力量，改革滞后。2.国企与央企热，一年央企收入＝全国民企业500强收入总和，央企垄断资源，改革滞后。3.房地产热。4.投机热。5.移民热。

词有境界则自成高格，胸有大局则自成高品。古人曰：善弈者必先谋势，领军者必筹全局。胸有大局，要有宽阔的胸怀，远大的视野，高屋建瓴的意识，忍辱负重的气度，舍于奉献的精神。不谋全局者不足以谋一域，不谋万世者不足以谋一时。胸有大局，方有合力，和衷共济。

领导力大师、美国学者约翰·加德纳指出：领导力只是实现团队目标的一个因素，团队目标的实现不仅取决于卓有成效的领导者，同时也取决于改革者、开拓者、思考者，取决于可利用的资源、民心所向和社会合力等因素。

上班族最讨厌什么？可能要算"开会"了！究其原因，开会次数太频繁，方式太沉闷以及领导打断汇报，中间插话太多，讲话太重复太长是最主要因素，开会气氛不热烈，不讲真实情况，不解决实际问题的原因何在？究其原因大多是由于下属害怕说出和上司及相关领导观点不一致的话而遭到记恨。"静坐不赔本儿"心理带来无效会议。

　　当代决策科学不断创新发展。但现实中"少数服从多数"仍是压倒一切的决策依据，专家评审权重，领导权重，也有一定兼顾。但不同类型的决策事项应有所侧重与差异。人数众多通常很难统一意见。"多数"的概念既包括赞成的人，也包括中立的人、不敢主动表示反对的人。

　　不求语惊人，但求行见果；不求事圆满，但求心无愧。

　　人生在世，积极向上、安逸平和、乐观快乐分别是做事、为人、生活的三维空间。事业上要自找苦境，力求执着；为人上要营造顺境，力求和谐；生活上要寻求乐境，力求乐趣。

【 人生之风景=心灵之风景 】

你可以跑在时间的前面，但是不必跑在宁谧的心前面。说到底，人生之风景，本质上是心灵的风景。心若急了、若乱了，神驰，意乱，景衰。这样子，一辈子无论走得多远，也都木有什么韵致可言了。

【 有些事儿真的急不得呀！】

人生在世，无论多赶，希望是一朵云一朵云地追逐，赶到最后，云卷云舒，云淡风轻，定是说不尽的从容与逍遥。无论如何，急匆匆都不足取。难以想象，一条狗撵着一只鸡，搞得鸡零狗碎，一地鸡毛，弄得不好还鸡飞蛋打，会是何等景致！故曰：人生可赶不可急呀！

【人生之生活境界】

1.忙时不失与高人相知；2.闲时不忘与雅人相会；3.平时不疏与朋友相聚。

【人生中为人处世之境界】

1.匆忙之中不说错话；2.乱世之中不看错人；3.危险之中不走错棋；4.伤感之中不定错事；5.恼怒之中不发错火。

【人生之养生境界】

1.人和则快乐无怨；2.体和则健康无忧；3.心和则愉悦无悔；4.意和则和谐无恼。

【叩问大与小】

大是舒展，大是膨胀，大是外拓，大是扩张。大是气吞万象之势，大是称王称霸之位；大是宽松大度之容量，大是坦坦荡荡，含容万物之胸襟。小是精细，是小巧玲珑之精密；小是珍贵，是小家碧玉之精灵；小是柔嫩，是令人怜爱之弱小；是可以推向遥远之淡忘与忽略，也是可以拉近身边，须臾不可离开之珍贵与宝藏。

【大小之问】

从空间角度看，大与小是近与远；从层次角度看，大与小是实与虚；从伦理角度看，人与小是尊与卑；从逻辑角度看，大与小是主与次；从对比角度看，大小相宜则是相得益彰，相互映衬。大是大器，器大声宏；大是大方，大方无隅；大是大雅，大音希声；大是大道，大道无形。

【感悟大与小】

　　无数的大大小小，构成大千世界万千组合。大是环境，小是主宰；大是河汉，小是星辰；大是龙飞凤舞，小是凤毛麟角。大可离析成若干小，若干小又可连缀成整体的大。庞然的恐龙可统治地球数亿年，却在一夜之间永远消失，肉眼看不见的基因可让生命繁衍繁荣乃至永远。说不清的大大小小，道不明的小小大大……

　　"仁"者多爱人，"合"者总为人，"静"者可容人，"变"者思齐人。

【 坦诚之人 】

坦诚之人，决不会欺上瞒下；坦诚之人，决不会笑里藏刀；坦诚之人，决不会桌下踢脚；坦诚之人，决不会秋后算账；坦诚之人，决不会假话连篇；坦诚之人，决不会背后耍坏；坦诚之人，一定是值得信赖之人；坦诚之人，一定是值得托付依靠之人；坦诚之人，一定是值得交心干杯之人！

微博文化＝草根文化＋精英文化。网络让各类文化、各种信息、各种思想、各种事物变得更加摇曳多姿。网络的大森林里妍媸杂陈，大量赝品、超量宣泄、巨量信息、海量点击，既会刺激网民的神经，也会点亮网友的心灵。微博微博，微中见宏，博里有精。

人活着，为了心中的追求，或者为了追求中的自我。然而这两者是完全不同的概念。

年轻时，我们会说：活着啥好；成年时，我们会说：年轻才好；年老时，我们会说：活着就好；伤心时，我们会说：活着不好；开心时，我们会说：活着真好！……不经意间，我们不会再有一个童年，不会再有一个从前，人生且行且惜，珍惜当下之点滴美好，才是星湖，才是美丽！

对于不可改变的事实，除了认命以外，木有更好的办法了；对于已经发生的不快，除了淡忘，木有更好的办法了。

其实，不是某人某事使我们烦恼，而是我们拿某人的言行、某事的不快不停地来烦恼自己。

口袋空空不要紧，关键是不要不义财；脑袋空空不要紧，关键是不要进水。

【 何为经典？ 】

1.是你丢不掉的那本书；2.是你耳边时常响起的旋律；3.是你闭眼就能梦见的那一抹虹一样的色彩。

【 清高 】

清高是鄙视世俗的结果，又是被世俗冷落的后果。

"应无所住而生其心。"无我，才是真我；无我，才能照破无明；无我，才能脱离烦躁；无我，才能摆脱忧思；无我，才能挣脱轻狂；无我，才能脱掉鄙俗；无我，才能拥抱人生；无我，才能淡泊宁静；无我，才能拥有纤尘不染的力量；无我，才能牵引灵魂净化；无我，才能静享阳光雨露；无我，才能淡看云卷云舒；无我，才能聆听鸟鸣虫舞……

【人的特点如同硬币的两面：一面是优点，另一面是缺点】

其实，人木有绝对的优点，也木有绝对的缺点。优点、缺点如同一枚硬币的两面，是相对的。急性子的人往往执行力强；强势之人往往决断力强；说话绕弯之人思维往往更缜密；行动缓慢之人往往更为包容淡定。人岗相宜是知人善用之道。

本真才是适宜，单纯才是美好，饥饿才是佳肴，平安才是福祉，静心才是舒展。

别死读书、读死书、读书死；求活读书、读活书、读书活。

失败者好谈"命"，总怪自己命不好；成功者则喜谈"运"，总说自己成功是因为运气好。前者是失败者的借口，后者则是成功者的谦辞。其实，成功之关键，往往与命运无关，而是机会来临时是否已准备好。

其实，"一分耕耘、一分收获"这句话并不完全正确，一分耕耘往往不见得有一分收获，但可以肯定的是：想要拥有一分收获，必须要努力耕耘。在现如今"过剩经济"和"竞争社会"条件下，"善"（良）、"勇"（敢）、"智"（慧）、"勤"（劳）缺一不可。勤劳能使人不懈耕耘，智慧则让人加倍收获。

慢慢才知道很多东西可遇不可求，即使费尽心机也无济于事；慢慢才知道与人争论木意义，因为很多事情根本无所谓对错；慢慢才知道峰高无坦途，得闲才是福，因为追求幸福是人生真谛；慢慢才知道交友如大浪淘沙，随着时间推移，朋友越来越少，但感情愈来愈真。

【 急也木用 】

现在才知道，只要敢想加上敢做，很多事情都可以慢慢实现；现在才知道，工作中也可以很有乐趣，兴趣中也有不少无可奈何，自己慢慢享受，不需要被理解。现在才知道，被喜欢被爱是非常美好的事情，可以化为追求杰出慢慢靠近自我完美的动力。

"时间让我们成长"，这一说法你听到过吗？你认同吗？其实这是个让人迷惑的说法！不少人都以为，人在成长过程中随着年龄的增长，人会变得更加聪明，人生经验会变得更加老到。但事实并非如此：为何我们周边还有那么多人随着年龄增长脾气变得越发卑劣、固执、偏激呢？成长的动力不是时间，而是严以律己！

你若自重，人不轻之；你若自贱，人更贱之。吾在众中，众中有吾；人生在世，问心无愧，那就只管前行。

古与今之间，时势造英雄，英雄造时势；生与死之间，存于一息间，只争一口气；迷与悟之间，解与不解间，无谓悟和迷；爱与恨之间，行随意而动，意随心而止。

【人生在世三个不能斗】

1. 不能与君子斗名；2. 不能与小人斗利；3. 不能与天地斗法！

【人生一世之"三大修炼"】

1. 通过不断修炼，使自己对世间一切能看得透、想得开；2. 通过不断修炼，使自己对世间一切能拿得起、放得下；3. 通过不断修炼，使自己一生一世能立正、行得稳。

【人生一世需慎防"三大陷阱"】

一要慎防大意之陷阱；二要慎防轻信之陷阱；三要慎防贪婪之陷阱。

生活因为曲折而精彩，工作因为成绩而骄傲，人生因为有爱而星湖，团队因为协作而强大，事业因为进取而辉煌。

所谓顺其自然，并非代表你可以不努力，而是努力之后你有勇气接受一切的成败；所谓知难而进，并非代表你可以盲目干，而是坚持之后有办法破解面对的难题。

领导者是个能量场，是内外能量之聚合：1.精诚为道，运筹为术，有道无术不行，有术无道也不行；2.人才为本，组织为器，有本无器不行，有器无本也不行；3.制度为体，文化为魂，有形而无神不行，在躯体加上人性之灵魂，加上好的文化才行。

一个国家要想可持续和谐稳定，需要持之有据，理性宽容的精英阶层。只有精英阶层的理性宽容才能造就整体理性宽容的社会氛围。如若精英阶层戾气重重，社会民众又怎会以宽容回应戾气？任何言论，只要持之有据，与宪法不抵触，皆可容忍。少数人对个别或片段性事实作渲染，对社会情绪造成负面影响，扰乱了公众的是非判断。

中国发展至今，不可能千人一面、凡事一型、万般皆下品、万般皆上品。关键要放到正确合理的历史逻辑中去观察。选择性地看到部分事实，屏蔽另一部分事实，固然可以支撑其预设性结论，但注定是靠不住的。30多年的改革开放实现了中国递进式发展，问题与成绩并存是必然状况。实事求是应成为精英阶层的底线素质。

【职场增效创优之术】

1.以"谋"为上，增强工作"敏感性"；2.以"律"为本，增强工作"连续性"；3.以"苦"为乐，增强工作"耐劳性"；4.以"矩"为咒，增强工作"自律性"；5.以"果"为凭，增强工作"效能性"。

【 团队人才结构模式 】

对参谋与决策型团队，其团队人才构成中帅才、将才与兵的合理比例为5：3：2；对操作与执行型团队，其团队人才构成中帅、将、兵的合理比例则应为2：3：5。

【 赶而不乱为好 】

赶，是人生的一道风景；急，只能让心灵煞风景！赶，是山一程、水一程，千里万里；急，是雨一阵、风一阵，风雨交加。

赶，则心不乱、意不乱、阵脚不乱。有些事儿，是需要一定时光去守候；有些目标则需要用挚诚的耐心去等待；这些皆急不得。即便是赶，也不是月色全看月下景致，不是岫云尽散赏山岚苍翠，境不冷，意不凉，心不乱，才是赶之前提。赶，只是为了让自己少些慵懒、少些懈怠、多点效能罢了。

谋大事靠"才"，办大事靠"胆"，抓大事靠"识"，成大事靠"德"！"才"即"知"，就是知道、获得资讯；"胆"即胸怀与魄力；"识"是识别、见识，是运用资讯，对事物的判断、把握和认识；"德"，即道德与品德，指干事靠为人处世，以德服人，以德聚人，以德促干。

【 青年成长成功的四轮驱动 】

青年在成长、成功之路上要坚持四轮驱动：学习、实干、改变、成长！不断学习、努力实干，不断调整自己的知识体系，不断优化自己的能力结构，不断改善自己的不足，不断总结经验，才能不断成长，不断迈向成功。

【 低头拉磨+抬头看天 】

一个人，如果只生活在自己的本能、习惯、惯性之中，不学习，不创新，不关注外界、不反省自己，就会像低头拉磨者，一圈一圈很辛苦，但却永远也跳不出狭隘的小圈子。

本领从干中来，业绩干中出，感悟从干中生，团队干中强！干是最有效的学习方式和提高渠道。"听"能吸收20%；"说"能吸收50%；"做"能吸收70%。干与做，才是硬道理，才是真提高。

当今社会发展不可抗拒的趋势：从偏重关注效率转向更加偏重和谐与公平！改革开放前30年，偏重经济增长率、社会生产力，"效率优先、兼顾公平"作为当时的社会发展原则，理所当然，勿容置疑！而如今，在社会矛盾凸显期与社会发展转型期，后30年，似应以"保障公平、兼顾效率"为社会发展原则。

【 企业家与生意人之别 】

企业家做企业，生意人做生意，两者之别在于思维差异：做生意要精打细算，一笔一笔细算各种收支；做企业则更加看重战略、团队、管理、制度、营销以及市场、企业的现实与未来。做生意是买低卖高，运气成份大些；做企业是战略行为与策略举措，思维宜"粗"不宜细。

木有制度的团队绝不是规范的团队，不规范的团队绝不会是优秀的团队，有制度不执行的团队绝不会是强大的团队。团队治理的有形体系=团队领导+团队制度；团队治理的隐形体系=领导思路+企业文化。

【对己"狠"、对人"宽"是职场成功之路】

面对百态丛生之职场，木有宽阔之胸襟、非凡之气魄，过人之胆识是无法立于不败之地的。学会豁达处事，宽以待人，你的成长之路越走越宽，良好人际关系会成为迈向成功之奠基石。对己"狠"是对自我能力之锤炼，对人"宽"是对自我气场之修炼。"宽""狠"并济，运用得当，定能成功！

【合作=职场最高法则！】

职场生存与发展的法则，归根结底在于与人打交道。"忍"者，苦于谦卑；"狠"者，失之仁德；"滚"者，难成大器。但凡有人之处，眼中必得有人；眼中有人，心中便有乾坤。职场之中以合作来规避忍、狠、滚，是种修养，更是种智慧。放低自己，笑对众人，你若安好，便是晴天。

【 坦诚，为职业生涯打开发展之窗 】

坦诚之人，透明且一览无遗，身子正；坦诚之人，率真且直来直去，肩膀硬；坦诚之人，明理且远离纠结，精神爽；坦诚之人，诚实且拒绝欺瞒，筋骨强。

【 坦诚，与性格有关，也与环境有关 】

在我们周边人群中，有的人充满直率面世的基因，也有的人天生喜欢藏匿心思；对有的人来说，坦诚让其很难为；对有的地方或单位来说，人际关系紧张下沉默是金，利益纠葛严重下藏匿是银。但无论如何，坦诚终究是一个正直的人应有的素质追求。

【社会管理发展新趋势】

1.从刚性"维稳观"向弹性、动态"维稳观"转变,增强社会包容性与耐受力;2.从片面强化政府管控向管理与服务融合,有序与活力统一的多元治理,共建共享新模式转变;3.从社会组织发育不良,管理和服务能力差,治理结构不善,偏好创收谋利向社会组织加快发育,提供公共服务和自我管理转变。4.由偏重管、控、压、罚的消极维稳向预防与源头治理,尊重并维护群众知情权、参与权、表达权、监督权,畅通民意反应机制,维护群众合法权利转变;5.从片面讲民生,在改善民生中社会问题和矛盾屡屡发生向既讲民生又讲民主,以民主促民生转变;6.从偏重网格化管理形式向注重实效转变。

一定的结果由一定的行为造成。每个人的行为都与其现时心态有关。而人的心态又是不断飘移变化的。左右心态变化的是一个人的注意力和信念。因此,想要获得某种结果,必须先从信念和注意力入手,唤起其存在感与价值感,让其极大专注于其分内之事上。

能力=能思、能言、能干、能和、能合、能屈、能伸、能忍、能变、能退、能进……

【 团队建设之忌：过于抱团、
文化封闭 】

　　思想、背景类似的人过多扎堆、过于抱
团，对团队建设有百害而无一利：会形成排
斥文化多样性，形成封闭型文化。生物学中杂
种优势法则也适用于团队建设。团队中不同思
想、经历、观点的人交流合作，有助于擦出新
颖创意的火花，促进团队变革与发展。

【 团队建设要慎防"集体思考
麻痹症" 】

　　团队建设中很容易堕入集体思的深渊。
既使团队中人才济济，倘若团队成员间不能
畅所欲言，就可能罹患感知不到外界变化和
刺激的"集体思考麻痹症"。只有包容的领
导才能造就超越被动、积极创新、不断进取
的团队。

【团队建设之大忌：领导者追求"大统一"】

对于团队成员的多样性，领导者不应采取消极的、防御式管理，而应该心怀"人的多样性是创造性革新之基础"的理念，并积极予以运用。如果领导者"纯种主义"倾向过强，或一味偏心和自己志趣相投的人，则文化多样性趋势必然成为阻碍其实现"团队大统一"的绊脚石！

【以包容理念打造卓越团队】

通常，领导者为了使自己"心理上安定"，比较喜欢任用与自己脾气相投之人。但若完全陷入这种安逸感，就算真的可以获得下属忠心，也不过是培养出一批照搬自己管理风格的复制型下属罢了，与此同时，也就丧失打造卓越团队的可能性。

【风格迥异的领导者之一】

禁止出格行为的领导者。这类领导者会对出格的下属看不顺眼，持坚决反对态度。领导者及同事们对出格者不友善的目光会对团队产生负面影响。对创新性工作，需打破常规思维方式，但在这种团队氛围中无法实现，下属积极尝试新事物的意愿会被大大削弱。

【风格迥异的领导者之二】

不允许例外的领导者。这类领导者喜欢顺应自己指令与掌控的下属，容易与有创造力、有激情的同事产生隔阂，在其心底里仍抱有让所有人皆听命与其摆布的不当幻想。如此墨守成规的统一型领导者与今天民主社会已格格不入了。

【风格迥异的领导者之三】

仍误入"事事按少数服从多数处理"怪圈的领导者。团队人数众多，通常很难统一意见，因此这类领导者认为：按大多数人的意见决定就是民主。问题是："多数"这一概念不单包括赞成的人，还包括中立的人、不敢主动表示反对的人。毫无效果的会议往往是所谓统一主义的花架子而已。

【风格迥异的领导者之四】

追求机械性统一的领导者。领导者职位升得越高，就越容易有夸大自己经验的倾向。这类领导者在其深层潜意识中坚信：只有过去自己经历过的才是绝对真理，先入为主地认为自己的标准才是对的，从而不接受不同看法。

【 创新团队建设的首要障碍 】

创新团队建设的首要障碍在于过于追求统一化，缺乏包容力的领导者。统一化思想体现在看人待人方式上和工作方式上。这类领导者坚信自己长期积累的业务方式，价值观和好恶取向是本单位取得成功之主因，在思维与行动方式上固执于自己的一套模式：追求思维方式，业务处理方式，喜好取向的整齐划一，令多样性荡然无存。

　　这个世界越来越需要环境保护，地球村呼唤着生态文明。当有一天地球力不从心、不再能为人类奉献美味美物美景美丽美好之时，人类能做出的唯一选择是低碳生活，不再制造垃圾，这是人类对人类家园与人类自身最大的尊重，也是对生命、对自然最大的敬仰！

　　如果说质量是产品的生命，那么诚信则是命根子！百年老店之所以长盛不衰，关键在于坚守质量，核心是恪守商德！包子铺的伙计都知晓一斤肉做几个包子是有定数的。若做多，要么缩水，要么往馅里掺假。而百姓的舌尖是不饶人的，牌子一倒便门可罗雀。我很纳闷，连店伙计都明白的道理，当今的企业家为何就不明白呢?!

　　团队中，同事间，既惺惺相惜，又乐吐诤言；既加油助威，又携手同行；那该多好呀！

　　合理分工授权是领导者的基本能力。分工授权要防止两种行为盲点：1.自言自语型领导，这类领导者每天都在要求别人做这做那，干这干那，但从来不告知下属为什么，怎么干，或者说全然不让下属思考，只令其照做即是。2.超人型领导，则整天大老远传达工作目标，然后放手不管，让下属自己胡猜瞎搞。充分，完美授权很重要哦！

【领导者应给予下属主导工作的机会】

信任是激发斗志的重要源泉。如果领导者无法信任下属，不仅团队内人情冷淡，工作成效也会不佳。但"过犹不及"，自信心过强会导致自满，导致背离实际的决策或有勇无谋的挑战。领导者与其陶醉于骄傲自满、唯我独尊，不如定下重点目标与任务，主次分明地抓好管理与调控。

【领导者要抓大放小，以点带面】

试图掌控一切，统领一切是不现实的，远不如重点指导核心与重点工作更有成效。监督监管也要有度有序，过度监管的领导机制会剥夺下属独立工作，主导工作的机会。领导者过多干预琐碎事务的行为不但增大下属压力，导致精力转向应付检查督查，还会妨碍学习能力，创新能力与工作主动性。

【领导者安排工作应以"信任"为前提】

规章制度是为提高效率及管理便利性而制定的。领导者指挥工作若墨守成规，会令下属缩手缩脚，按部就班，失去主观能动性。木有规章制度易导致权限滥用，过分强调则会成为不执行、不作为之托词。规章制度本达成目标之手段，把手段变成了目标，被刚性化，是制约执行力的主要障碍！

【领导者应懂得适时进退】

自言自语型领导喜欢插手干预、控制和过分"帮助"下属工作，很难放手，误以为只有自己直接干预的工作才会进展顺利。对进展顺利的工作也喋喋不休，反而会拖延进程，甚至让下属丧失方向感。优秀领导者懂得何时介入、何时袖手旁观，懂得维持两者间的平衡和适时进退，不会事必躬亲。

【 别做超人型领导 】

超人型领导者习惯于整天大老远地传达工作目标与任务，然后就完全不管，留给部下自己去胡猜瞎搞，不顾他人想法，完全脱离现实。做这种领导者的下属，若干好了，可能会一步登天；干不好，则会当成朽木。善于合理授权，懂得授权给合适的下属或团队，是成功领导者的基本条件。

一个社会若只建立在法律文字之上，而不再有更高梦想，那是对人类崇高可能性的忽视。法律文字太冷漠且太正式，无法为社会带来有利影响。一旦生命的薄纱是由法律关系织成的，世界就会被平庸道德的气氛所笼罩，从而麻痹人类最崇高激情。如果仅剩法制支撑，在这个充满危险的世纪，我们将完全不可能经受住重重考验。

【 美丽中国之基 】

"法制+民主+道德"建设！"美丽中国"呼唤构建中华复兴崛起之三大根基。建立全球华人"大中华"归属感，建立法律、民主与公民道德体系，分享理想、分享目标、分享尊重、分享公平、分享正义、分享民主、分享互助、分享博爱、分享和谐、分享荣耀。

【 网络社会使社会群体成为新的集体主义社会 】

1.网络分享正在成为更为高级的公共参与的社会基础；2.网络社会为社会群体间的合作提供有益回报；3.网上协作产生信用、地位、声誉、乐趣、满足和体验效果；4.网上自愿集合体关注集体运作，有助于避免垄断阶层全盘掌控；5.网络合作把个人自主性与集体力量趋于最大化。

【 网络社会新思维：扩大个人力量未必减弱国家力量 】

在网络社会实践中，与其把依托网络技术和互联网普及的集体社会主义合作看做是自由市场个人主义与中央集权社会主义的博弈的一面，不如看做是一种提升个人与集体素质的文化操作系统。这个系统把市场机制与非市场机制融为一体，并实现取长补短，优势互补！

中国网民人数已突破5亿。越来越普及的网络社交正成为我们社会文化的新基础。跨越时空、跨越区域与国度进行分享，与不相识、不同阶层、各式各样的人形成组群，协作开发专业信息库、图片池、百科全书、新闻信息分享、视频档案、软件等。协作性社交技术正创造奇迹与新神话。

网络社会的新集体主义力量比我们想象的要强大得多。几乎我们每一次在网络上的分享、合作、协作、开放、免费定价和透明，都证实网络工具在改造我们思想与生活、工作、人生上拥有巨大潜力与效能。虚拟世界与现实社会融为一体，令在线社会主义力量茁壮成长，并传播动能至人类社会生活的各个层面！

中国欧盟商会与罗兰贝格调研表明：与新加坡、香港地区相比，上海要提升青睐度需要：1.克服官僚主义；2.构建更具竞争力的纳税体系；3.确保合格的、有经验人才的供给；4.加强不同部门间的协调，避免某些规定模糊或分歧；5.简化行政审批程序。

【 企业发展要把握好"三个平衡" 】

1.尊重消费者与尊重员工的关系；2.注重制度管理与激发活力的关系；3.讲究学习创新与实用实干的关系。

【 现代领导力新特征 】

1.自驱动＞TA管理：后者是要我做，TA想要，TA管，TA负责，后者是我要做，我想要，我承诺，我负责；2.软权力＞硬权力：后者是号令天下，莫敢不从，上有政策下有对策；前者是草根力量，实力为王，行为榜样，引领带动；3.创新力＞制度力：后者循规蹈矩，稳定有余，冒险不足，前者打破束缚，随需而变。

【 倡导学式生存与发展 】

求生存、求发展=读书+思考+实践。

好学而近乎知，实干而近乎行，创意而近乎智，创新而近乎兴。

【 美丽中国呼唤美丽国民 】

无论中国怎样，让我们共同记住：我们是中国的主人，我们所站立的地方，就是俺的中国；我们怎么样，中国便怎么样；我们是什么，中国便是什么；我们光明，中国便不再阴暗；我们美丽，中国便真的美丽。

社会管理与社会服务应坚持"四民"理念，重点做好便民、助民、乐民、化民四件大事。

【人才队伍建设方略】

对于高层，选择＞培养；对于中层，选择+培养；对于基层，培养＞选择。

【制造业将迎来巨大变革】

1.全面转入智能制造时代，柔性制造、数字制造、自动化制造、机器人制造时代将使制造优势从偏重低劳动成本向倚重高新技术转变；2.再制造产业将兴起，资源被更充分利用，标准化、再制造、再利用成为现实，极大减少资源、人力浪费；3.制造业企业转化为产品服务供应商；4.以大类产品品牌组建的企业集团将分解与重组，以专业细分、横向整合的全球化企业集团将取而代之；5.消费者不再向企业买产品，而转向买产品使用功能与服务价值，企业将拥有产品生命周期内的服务、回收、更换、再制造权益，消费者、生产者、流通服务者均从中受益；6.电子商务将贯穿、整合、融合、并深刻改变从研发、制造、消费、服务、生活的全过程；7.电子商务使投资商、开发商、制造商、供应商、销售商、服务商和消费者交互之间建立动态平衡、和谐共赢的新关系，价格战与垄断不复存在，不盈利企业不再生存； 8.以电子商务渗透、助推，产业体系、制度、政策和组织创新为特征，制造业的巨大变革将带来平台经济、融合经济、联盟经济（同业联盟、异业联盟、混业联盟）时代的到来。这将必然引发人类经济、社会全面创新与转型。

【青年人的危机何在？】

青年人的危机有两种：其一，不知道奋斗的出路何在；其二，不知道奋斗的理由是什么。

【中年人的危机何在？】

中年人的危机有两种：其一，是早上一睁开眼睛，发现全是要依靠自己的人，而竟然木有一个自己能依靠的人；其二，是早上一睁开双眼，孩提儿时的梦想竟然全部实现了，但脑子里却一个冲动都木有了。

【老年人的危机何在？】

老年人的危机有两种：其一，是有一种老年人人死了，钱却木花完；其二，是还有一种老年人人木死，钱却花完了。

在中国，创业之最大风险何在？不在业务风险，也不在环境风险，而在内斗风险！创业团队中的某个人会在创业的某个阶段，怀着对某人或某些人的不满，带走团队中某些人另立山头！中国式失败创业模式是：同心协力——同床异梦——同室操戈——同归于尽。

人人皆有优点与弱点，我们所要努力的仅仅是：尽量让自己的优点发扬光大，让自己的弱点得以抑制；千方百计让自己的优点越来越多，让自己的弱点越来越少！不过，优点与弱点是相对的，可能只是硬币的两面哦。

图书在版编目（CIP）数据

微言微语 / 海上常远编著. -- 上海：东方出版中
心，2014.6
　　ISBN 978-7-5473-0671-0

　　Ⅰ.①微… Ⅱ.①海… Ⅲ.①杂文集－中国－当代
Ⅳ.①I267.1

　　中国版本图书馆CIP数据核字(2014)第 112129 号

微言微语

出版发行：东方出版中心
地　　址：上海市仙霞路 345 号
电　　话：021-62417400
邮政编码：200336
邮政编码：全国新华书店
印　　刷：上海安全印务有限公司
开　　本：889×1194 毫米　1/32
字　　数：100 千
印　　张：11
印　　数：3000 册
版　　次：2014 年 6 月第 1 版第 1 次印刷
ISBN 978-7-5473-0671-0
定　　价：68.00 元

东方出版中心邮购部　电话：52069798

媒体推广：

东方出版中心官网

蜘蛛网书报亭

上架建议：休闲/文化

责任编辑 / 唐丽芳　谢　超
装帧设计 / 郁　悦

定价：68.00元